新典社選書55

家集の中の「紫式部」

廣田收著

新典社

目次

はじめに

先頃授業中にふと思いついて、私の勤めている大学の国文学科の一年次生に、「小倉百人一首」の紫式部の歌、

めぐり逢ひて見しやそれとも分かぬまに雲隠れにし夜半《よは》の月かな

を知っているか、と尋ねてみた。もちろん、かっていつもそうしていたように、それをきっかけにして講義の組み立てを考えていたのだが、ところが、意外なことに学生からは「知らない」とか「聞いたことがない」という答えが返ってきた。いや、たまたま知らないだけだろう、こんな有名な歌を知らない学生はいないだろうと思って、次々と尋ねてみたが、どうも皆嘘をついているわけではないらしく、本当に「百人一首」を知らないようであった。そこで、中学・高校で「百人一首をしたことはないのか」と尋ねると、「ゲームとしてやったことはあるが、歌は覚えていない」とか「読み札がないと取り札は取れない」とのことであった。一瞬にして、もはや時代遅れの老人と化した私は愕然《がくぜん》として「困ったな」と思わず声に出してしまった。小

さい頃には百人一首やトランプくらいしか、カード・ゲームのなかった私たちから見ると、しかたのないことなのかもしれない。他の大学の先生方に尋ねて見ても、「どこでもそうですよ」とか「そういう状況の中で、古典をどう教えるかが問題なんですよ」という答えが返ってきて、どうも私の当惑の方が分《ぶ》は悪かった。

もちろん一方では、「いつまでも紙の教材にこだわっているから駄目なんで、もっと映像とかＩＴとかを活用して、参加型の授業をしないと」と言ってくれる人もいるが、頑固《がんこ》な年寄である私は逆に、ますます言葉そのものに対してこだわる方向でしか国文学は存在しえないという信念を変えることができないでいる。

そこで、ともかく私は気を取り直して次の時間に、現代語訳や詳しい説明を付けた資料を用意して、何人かの学生に声を出して読み上げてもらいながら、本当に噛んで含めるような授業をし直した。現代語訳でなら、講義の内容は割合すんなりと学生の頭の中に入って行くようであった。古文は今や、まさに古文なのであろう。研究対象として読むとなかなか手ごわい『源氏物語』も、学生には一度読んでみたいという人気だけはあるが、だからといって卒業論文の対象として扱うには難しすぎるというふうに、屈折した理由でもって敬遠されやすく、結局は選ばないでおくことになるという傾向も、実に悲しむべきことであろうが、これも前々からはっきりしている現象であるように思う。

紫式部の歌は下手なのか

さて、『源氏物語』の和歌を口語でみごとに歌い直した、あの俵万智さんのような歌人の批評(1)は実に興味深いが、私の周りでも古代和歌の研究者からよく、『源氏物語』の和歌はともかく、紫式部の歌は下手くそだ」とか、日常的な会話の中でも、「紫式部の家集って、そんなに価値のあるものじゃないですよ」という酷評を耳にする。確かに、歌詠みの家とされる冷泉家にも、紫式部の家集は残っていないという動かしがたい事実はある。(2)ということは、中世以降、この家集は歌の御手本としてはあまり熱心に写されたわけではなかったのだろう。ともかくそのような、紫式部の歌に対する厳しい見解は、『源氏物語』の愛読者（である私）としては、いささか不愉快なことではあるが、心静かに考えてみると、紫式部の歌と対照的に和泉式部の歌は、どんどん溢《あふ》れるように彼女の口をついて詠み出されているという印象がある。以下、岩波文庫の『和泉式部集』から幾つか取り上げてみよう。

人もがな見せむ聞かせむ萩の花咲く夕かげの日ぐらしの声　（秋、五〇番）

寝《ぬ》る人を起こすともなき埋《うづ》み火を見つつはかなく明かす夜な夜な　（冬、六九番）

せこが来て臥ししかたはら寒き夜は我が手枕を我ぞして寝《ぬ》る　（冬、七七番）

つれづれと空ぞ見らるる思ふ人あまくだり来《こ》むものならなくに　（恋、八一番）
黒髪の乱れも知らずうち臥《ふ》せばまづかきやりし人ぞ恋しき　（恋、八六番）
われが名は花盗人《ぬすびと》と立たば立てただ一枝は折りてかへらむ　（恋、九九番）(3)

声を出して読むと、すらすら読める歌ばかりである。歌の言葉の内容が、歌の調べというか、音の心地よさとあいまっており、若い頃に一度覚えると、何年経っても忘れがたい歌ばかりである。例えば、「寝る人を」の歌などは、横に眠っている男のそばで、起きたまま火鉢《ひばち》の炭火をまじまじと見つめながら、朝まで夜を明かしてしまうというのである。しかも、毎晩毎晩。女性の心の底をのぞき見たようで、ぞっとするような奥行きのある歌である。ただ、「埋み火」とは何か、「火鉢の炭」とは何か、と聞かないでいただきたい。そんなことを知らなくても、これはなかなかよい歌だとわかってもらえるであろう。夜中、女の人がじっと火を見詰めていると考えるだけでも怖いものがある。ともかく和泉式部はみずからの心情を、こんなふうに和歌でもって歌うが、おそらく紫式部はその鬱々《うつうつ》とした思いを物語において描いたのだと思う。そこが資質の違いである。(4)

だから、岩波文庫の『紫式部集』の歌の中から、和泉式部のような歌を探そうとしてもなかなか見つからない。どちらかと言うと、味気ないような感じの歌ばかりである。紫式部の歌の評価が低いことも一見「なるほど」と思えるわけである。ただ負けず嫌いの私は、「めぐり逢ひて」はなかなか良い歌だ、と言いつのりたくなる。初句の字余りも、これは悪くないなと。ところが、「まあ、それだけは認めよう。しかし、それでは紫式部の歌の中に、他にはどんな御勧めの歌があるのか」と尋ねられたりすると、「そうだな。何があるかな」と、考え込んでしまうのである。

なぜそんなことになるのかというと、残っている歌集でみる限り、和泉式部の歌が、恋や恋の気分の中で歌われているものが多いのに対して、紫式部の歌は折節《おりふし》の人間関係の中で歌われたものが多く、挨拶《あいさつ》や儀礼的な性格が強いからである。現在に残されている紫式部の歌は日常的なもので、生活の中の歌ばかりが目立つが、それではいったいそれは文学といえるのか、と疑う人もいるであろう。いやむしろ、挨拶や儀礼的な歌に、切ない心情が託されているのである。何より私は、言葉によって捉えられた表現、特に和歌のように装飾され、彫琢《ちょうたく》された言葉に心が託されているという意味で、まちがいなく紫式部の歌は文学だと認める。いずれにしても、和泉式部の歌と紫式部の歌とを、ただ比較するだけではあまり意味がない。確かに二人は同時代の女性であり、同じ藤原道長のもとに宮仕えしたから、比較する相手としてはまことに適切であるが、ともかく歌の能力というか、感性が違う。

そこで、紫式部の歌を、もう一度改めて挨拶 **compliment** の歌、あるいは儀式や行事とかかわる儀礼的 ritual な性質の強い歌だというふうに読み直してみると、紫式部の歌の特徴がよく理解できるのではないかと思う。(5) それがおそらく物語作者としての紫式部の歌を正面から批評することになるであろう。

ただむやみに論じるだけだと焦点が拡散してしまうので、考察の範囲を絞《しぼ》り論点を明確にするために、そのような視点をもって紫式部の歌、特に彼女の個人歌集である『紫式部集』を対象として、彼女の歌の独自性とこの歌集の独自性とについて分析を加えてみたい。

家集の中に構築された紫式部

さて『紫式部集』などという歌集の存在について聞かれたことがあるだろうか。恥ずかしいことであるが、私も大学で講義を受けるまで、そのような歌集があるなどとは予想すらしなかった。紫式部は『源氏物語』の作者として有名であるが、彼女の著作は他にも『紫式部日記』と『紫式部集』とが知られている。『紫式部日記』については多くの研究成果が積み重ねられているが、『紫式部集』は研究史がまだ浅いというだけではなく、読めば読むほど、これは難しい作品 text であると私は感じるようになった。

ところで歌集には、天皇の勅命によって選ばれた編者たちが優れた和歌を撰集し、天皇に献上した勅撰集と、個人的に歌集を編纂する私撰集とがある。私撰集には、例えば『古今和歌六帖』のように、自分の詠歌の参考とするために手控えのように編まれたものと、特に個人の歌だけを集めた歌集である私家《しか》集とがある。私撰集の代表とされる『古今和歌六帖』は、編者が誰かについては、兼明《かねあきら》親王や源順など説の分かれるところで、成立は一〇世紀中頃かとされている。この歌集は、今詳しく紹介するいとまがないけれども、和歌研究だけでなく物語研究においても、重要な問題を孕んでいる。一方、私家集は、個人の歌集といっても、そこにいう個人とは、あくまで歌詠みの家のひとりとしての個人である。[6] このような私家集は、『業平集』のように、業平の没後に後代の人が、尊崇する歌人業平の和歌を集めて編《あ》んだ他撰歌集と、『紫式部集』のようにおそらく自らが編んだとみられる自撰歌集とがある。ただ、『和泉式部集』のように、自撰部分にのち、他撰部分が後ろに幾重にも追加された形態のものも存在する。[7] 家集を考えるとき、この自撰か、他撰かという問題は非常に重要な問題である。

　この問題については後ほど触れるとして、本書は『紫式部集』を考察の対象とするにあたって、古本系の最善本である陽明文庫本[8]を用いることにした。また、主要な参考文献は、まとめて最後に掲載したが、検証のために参照した事例の詳細や論証の具体的な手続きなどは別に譲り、[9] 本書では伝えたいことの主旨だけを記すことにしたい。

　本書のもととなったそもそものアイデアは、二〇〇三年七月に話す機会をいただいた「歌集の中の紫式部　思い出としての半生」という講演[10]にさかのぼる。このときの資料を基礎として、現在の私の『紫式部集』に関する考えを、さらに押し広げて述べることにした。本書の題を『家集の中の「紫式部」』と名付けたのは、「歌集をもって紫式部を知る資料とする」のではなく、歌集という作品 text のうちに〝構築された紫式部という存在〟を見出す、という意味からである。本書にとって、これが最も重要な視点であり、課題である。

いちど年譜を作ってみるとよくわかるのだが、紫式部がいつ生まれて、いつ亡くなったのか、基本的なことがまずわからない[11]。特にこの時代の女性はそうである。寛弘年間に藤原道長の邸第に女房として出仕していたことは明らかだが、それ以外は、父藤原為時《ためとき》の国司赴任に伴って、越前国に下向《げこう》したことは動かない、それくらいであろう。そのような理由もあって、早くから『紫式部集』は紫式部の伝記研究のために「利用」されてきたといういきさつがある。ところが、そのような歴史的研究が一段落してくると、文学として『紫式部集』そのものが評価されていないのではないかという疑問が湧いてくることも当然のなりゆきであろう[12]。

つまり、歴史的存在としての紫式部を客観的に記述することは無理であり、紫式部という存在は、彼女の制作した『源氏物語』や『紫式部日記』、家集の中にしか存在しない。そのように、ひっくり返して考えようとしたところに、いわば伝記研究から文学研究への転換をもくろんだ私の戦略《たくらみ》がある。さらに「歌集」を「家集」と改めたのは、歌読みの家の誇りをもって編まれた個人歌集であることを、敢えて言おうとしたためである。

さらに付け加えると、私の恩師南波浩は（かって流布本の定家本ではなく、あえて略本の塗籠《ぬりごめ》本を底本として）『伊勢物語』を注釈し、（流布本の武藤本ではなく、あえて古本系の伝本、故新井信之蔵本を底本として）『竹取物語』の注釈を成し遂げることで、『源氏物語』における物語の伝統とは何かということを明らかにしようとされていた、ということが私の頭の中に残っている。

それはおそらく、『伊勢物語』にしても『竹取物語』にしても、古態の伝本を求められたからであろう。あの温厚な先生が、「貫之と定家とは信用ならない」とか「貫之や定家がいたから、古典は現代に残ったが、彼等ほど古典を手直しした人はいない」と、いつも口を極めて仰《おっしゃ》っていたことと関係しているに違いない。

そのような経緯から言えば、先生が非定家本の陽明文庫本を笠間書院から影印本でもって刊行された（一九七二年）一方で、定家本の代表である実践女子大学本を底本に用いて、岩波文庫本の校本を制作された（一九七三年）のはなぜだろうか。その判断の根拠がどのようなものかは、もう分からない。

その後、先生は『紫式部日記』や『紫式部集』を研究され、ともかく紫式部とはどのような存在かを解明したうえで、『源氏物語』を読みたい、ということが先生の長年の口ぐせであった。[13] その願いが先生の中でどのように果たされたのかは、今もって分からない。

ただ少なくとも『紫式部集』に対する、私の興味は、あの『源氏物語』を書いた紫式部の編纂した家集をどう読むのか、ということに尽きる。(14) 繰り返すけれども、国文学研究にとって『紫式部集』を紫式部研究の資料とするだけでは、とうてい私は満足することができない。物語作者である彼女が、みずからの歌をもって構築した『紫式部集』は、単なる歌の記録では絶対に、ない。これは疑いようもなくひとつの作品 literary work である。この小著は、そのことを広くかつできるだけ分かりやすく紹介したいということに心を砕きたいと思う。なお至らぬところがあるとすれば、それは私の責めに負うことである。

1　冒頭歌群

冒頭歌「めぐり逢ひて」の意味

私は小さい頃、正月になると遊んだ「百人一首」でしか紫式部の歌を知らず、紫式部の歌「めぐり逢ひて」は、月があわただしく沈むという風景を詠んだものだと、ずっと思い込んでいた。ところが、彼女の個人家集である『紫式部集』には、次のような詞書《ことばがき》が付いて、冒頭に置かれている。今仮に、陽明文庫本と呼ばれている本文を二番歌とともに掲げてみると、

早うより童《わらは》友達なりし人に、年ごろ経て行き合ひたるが、ほのかにて、十月十日の程に、月に競《きお》ひて帰りにければ、

めぐり逢ひて見しやそれともわかぬまに雲隠れにし夜半《よは》の月かな …………………(1)

その人遠き所へ行くなりけり。秋の果つる日、来てある暁に、虫の声あはれなり。

泣き弱るまがきの虫も止めがたき秋の別れや悲しかるらむ …………………(2)

というものである。[1] できるだけ原文のままの姿を紹介したいが、それでは読みにくいので、表記の整えは最小限にとどめ、以下濁点と句読点だけは施しておくことにしたい。それで、詞書とともに冒頭二首を今、現代語訳してみると、次のようになる。

早くから幼なじみだった人（おそらく女性の友だち）に、数年ぶりにたまたま（思いがけない所で）出くわしたけれども、（話し込むこともなく別れたこともあって）淡い印象のまま、（旧暦の）十月十日のころで（すぐに隠れてしまうように）まるで月と競争するように、（急いで）帰ってしまったので、

めぐりあって出会ったあなたが、その人かどうかも分からない間に、雲に隠れてしまった夜半の月ですね。

その人は実は遠いところへ行くのであった。折しも、秋の果てる日の訪れたあかつきに、虫の声はあわれである。

鳴き弱る垣根の虫もとどめることのできない秋の別れが悲しいのであろうか。私もあなたとの別れをとどめることができずに泣いています。

詞書はいう。歌「めぐり逢ひて」は、幼馴染《おさななじみ》だった人[2]と、数年たって偶然出逢った、と。「行き合ふ」は待ち合わせずに偶然出会うことをいう。それで（その印象は）ぼんやりとしたもので、（彼女が）月と競争するように帰ってしまったので、この歌は詠われたものなのだという。この「ほのかにて」はなかなか難しい表現で、私は、家集の編纂時に遠い過去の記憶を言ったものかと思うが、もしかすると、『源氏物語』にも用例がある[3]のだが、当時は現代と違って女性は直接対面したわけでなく、年頃の女性だからこそつつましく振舞うように、障子や襖《ふすま》越しに対面したものかもしれない。そうであれば、なんとはかない再会であったかということになる。従来の説によると、この友人は、親や夫などの家人が受領《ずりょう》と呼ばれた地方官として任命され、さらに赴任のために下向するのに際して（例えば、旅立ちに吉き日を選び、まがまがしい方角を避けるために、方違えをする必要があって、親類や知人に家に移ったときに）紫式部と再会する機会があったのだと想像される。

　いずれにしても、この歌は詞書をあわせて読むと歌の意味が変わってくる。歌だけでは一見して叙景歌のように見えるのだが、家集において人間関係の中で詠まれた、いわば人事《じんじ》の歌だったのである。詞書とともに読むと、そうか、この歌はそういうときの歌だったのかという、このとまどいというか、驚きというか、家集の表現の持つ意味は重い。考えてみれば、幼い日の紫式部が友人との離別の場で交わした歌のもつ意味と、晩年になった紫式部が、わが家集を編むにあたってこの歌を『紫式部集』の冒頭歌として置いた意味と、おそらく鎌倉時代に定家が「百人一首」を編んだとき、「百人一首」という作品の中でこの歌に定家の与えた意味とは、果たして同じだと言えるのか。問題の始まりはここにある。

物語にしても歌集にしても、およそ古代の作品は、筆で書かれた写本という形で今に伝わっている。かつて、学部生であった私が初めて南波先生の御講義を拝聴した頃、先生は全国の『紫式部集』を調査して回られ、伝本を整理し、本文異同をこと細かに比較した校異対照表を作り、校合《きょうごう》から校定《こうてい》本文を制作しておられる時であった。校合とは何かというと、校は比べるという意味であり、筆で書かれた写本をまず翻字翻刻するとともに、注釈に基きつつ、適宜《てきぎ》漢字を宛てたり、句読点を打ったり、かなづかいを整えたりするとともに、解釈の困難な表現や諸本間に異同のある箇所については、信用できる他本と比べて必要最小限の範囲で適切な異文を採用したりすることによって、あるべき本文を確立することである。そのように得られた本文が校定本文である。

それで南波先生は、池田亀鑑氏や岡一男氏の成果を踏まえて、藤原定家筆の祖本をたどれる奥書をもつ実践女子大学本が、流布本系の最善本であり、一方、定家の手を経ずに伝わっている諸本を古本《こほん》系と呼んで、その中では、陽明文庫本が最善本だという結論を改めて確認されていた。(4) 現在でもこの捉え方が通説になっている。この陽明文庫本は、平安時代以降、近代に至るまで歴代の政治家を輩出した近衛家《このえけ》に伝わる本で、奥書《おくがき》はないが、江戸初期に書写された伝本である。とはいうものの、内裏に伝えられていた禁裏本《きんりぼん》に遡ることのできる由緒のある古本であるとされる。(5)

さて、大変興味深いことであるが、実践女子大学本では、この冒頭歌は、

早うより童友達なりし人に、年ごろ経て行き合ひたるがほのかにて、十月十日のほど、月に競ひて帰りにければ、

めぐりあひて見しやそれともわかぬまに雲隠れにし夜半の月影

となっている。

ちょっと見ただけで明らかなことであるが、先に示した陽明文庫蔵本の本文とどこが違うかというと、いうまでもなく詞書は一緒である。また歌も、漢字と仮名との表記の差異を問わなければ、陽明文庫本は「百人一首」と同じなのだが、ただ一点、実践女子大学本では、第五句

が「夜半の月影」となっている。[6] 岩波文庫の校本では、底本どおり「月影」を採っているが、私が『紫式部集』の校本に対して最初に感じた疑問は、比較することはよいとして、陽明文庫本の表現と実践女子大学本の表現と、そのどちらがよいかを考え、あるときにはこちらを採り、あるときにはあちらを採るというふうに、校本を整定してよいのかということである。

それでは「月かな」と「月影」とはどう違うのか。高校文法では、終助詞の「かな」というのは、詠嘆である。詠嘆といっても、ただ「月だなあ」と感慨にふけっているわけではない。実は、「月かな」には呼びかけのニュアンスがある。「月かな」とは、相手に向かって呼びかける表現である。というよりも、歌にはもともと呼びかけの機能がある。いうならば、古代の和歌は贈答・唱和が基本である。[7] 特に贈歌は相手に向かって呼びかける働きがある。思うに、この歌は紫式部が友人と出会った後、離別にあたって御互いに詠み交わした贈答の歌の片方ではないか、ということである。[8] 敢えて言えば、この呼びかけのニュアンスからすると、歌「めぐり逢ひて」は贈歌だった可能性がある。そういう意味で、私は紫式部が、友人との贈答歌の片方だけを、彼女の家集の冒頭に置いたのではないかと考えている。

一方、「月影」というふうに体言止めで歌を締め括《くく》る表現というのは、「月影!」というふうに強調符をつけてもよいくらいである。「影」というのは、陽の光の当らないところにできる影や陰ではない。古語辞典を引くまでもなく、この「月影」は「月の光そのもの」である。もし現代語に訳せば、「なんという美しい月の光よ！」とでもいえる意味である。

古代和歌について調べるには『国歌大観』が便利であるし、また不可欠な書物である。これは古代から近世に至るまで、また勅撰集から私撰集まで網羅《もうら》しているので、調べてみると一定の目安が得られる。若き日に私が初めて大学の教壇に立つことになったとき、『源氏物語』を和歌の視点から講義しようと考え、伝統的な類歌と鍵となる表現の初出例とを調べることから始めた。なぜなら、和歌は類歌をもってその発想や形式が明らかになるし、初例によって伝統的な表現と新しい表現とが区分できるからである。

ただ、私家集を研究するには、私家集だけを調べるだけでは足りない。勅撰集を模範として、あるいは基準として、私家集は編纂されていると考えられるからである。

そこで『国歌大観』で勅撰集における用例から調べると、『萬葉集』から『拾遺和歌集』まで古代においては「夜半の月影」の用例を認めることができない。[9] 最初に見える事例は次のようなものである。

・『千載和歌集』雑歌上、一〇一六番（藤原俊成撰、一一八八年成立）

荒屋月といへる心を　覚延法師

山風にまやのあしぶき荒れにけり枕に宿る夜半の月影

・『新古今和歌集』離別歌、八九一番（藤原定家撰、一二〇五年成立）

題知らず　　藤原定家朝臣

忘るなよ宿る袂《たもと》は変るともかたみに絞る夜半の月影

・同、雑歌上、一四九七番

早くよりわらはともだちに侍りける人の年頃へて行きあひたるほのかにて、七月十日頃、月にきほひてかへり侍りければ　　紫式部

めぐり逢ひて見しやそれともわかぬ間に雲隠れにし夜半の月影

・『新勅撰和歌集』雑歌一、一〇九二番（藤原定家撰、一二三五年成立）

題知らず　　殷富門院大輔

今はとて見ざらむ秋の空までも思へば悲し夜半の月影

急いで調べて見た限りでは、「夜半の月影」の初出は、『千載和歌集』雑歌上、一〇一六番、覚延法師の歌「山風に」である。さらに、『新古今和歌集』でも、離別歌、八九一番、藤原定家の歌「忘るなよ」とともに、雑歌上、一四九七番の紫式部歌「めぐり逢ひて」を認めるだけである。ここで問題であるのは、あの定家に「夜半の月影」という用例のあることが偶然かどうか、である。ともかく「夜半の月影」の用例は、中世になって出現する。

そこで私は、「夜半の月かな」とあった古い伝本を、鎌倉時代の歌人定家が「夜半の月影」というふうに中世和歌に仕立てたのではないかと想像する。中世の勅撰集『千載和歌集』や『新勅撰和歌集』『新古今和歌集』の時代、歌人たちが命がけで苦吟《くぎん》したのは、美的な世界を創造するために和歌を構築するためだったからである。つまり、定家は「月かな」を、「月影」と書き変えることによって、紫式部の家集の冒頭歌「めぐり逢ひて」という、贈答の片方であった古代の歌を、独詠歌として捉え直すとともに、中世における美的な言語宇宙へと転換させようとした（のではないか）といえる。

歌を詠む「場」

改めてこの二首の歌は、いったい何が違うのかというと、まず何よりも歌を詠む「場」が違う。それでは「場」とは何か。場とは実態的ではあるが、実態的なものではない。例えば、今でも送別会だと、送り出す人たちは、送り出される人に対して、誰もが惜別《せきべつ》の思いや激励を述べ、将来の栄転を期待するというふうにスピーチするに違いない。場は一定の約束事の上に成り立っている。約束事とは例えば、建前としての挨拶という意味である。極端に言えば、本心では嫉妬や憎しみが渦巻き、もうこのまま帰って来るなとか、どこへでも行ってしまえと思っているかもしれない。このとき、本音を抑え、建前としての挨拶の言葉が成り立つ規制が場なのである。つまり、場は集団の目的や意図に基いて成立している。あるいは、結婚式では、（最近では式や披露宴も省略して、いきなり仲間うちの宴会から始まることも多くなったが、）新郎新婦は誰もが品行《ひんこう》方正、学力優秀、人格言動ともにすぐれた人物だというふうに紹介されることになる。

このような譬えを考えてみると、歌というものは、公式的というか、表向きというか、いわば挨拶としての歌と、心の底を露《あら》わにした歌とが両方存在し、それらはあたかも二極をなしているといえる。もちろん、挨拶と率直な心情の表明とが一致する場合もあるが、『古今和歌集』の賀歌や哀傷《あいしょう》歌、離別歌などは儀礼の場における挨拶としての性質を根幹とする。だから、表現はおのずと類型性を帯びているのである。またそのような特別の場合だけでなく、日常的な恋の歌にも儀礼的な駆け引きが存在する。

つまり、場とは場所 **place** とか場面 **scene** ではない。場は基盤 **ground**（もしくは foundation）と言い換えてもよいが、背景というよりも、場をわきまえよとか、場の空気を読め、というような使い方に近い。このとき、場の目的や意図に即した言動が求められる。その意味で、場は場 **context** であるという理解の方が分かりやすい。[10]

すでに鈴木日出男氏は「詠歌における場と表現」との関係について、「場とは、詠歌の産み出される時と所に実在する事物現象や状況であり、表現以前の事実にほかならない」（傍点筆者）とする。そして「詠歌における場は素材を提供し表現を規制するけれども、表現そのものを決定することはできない」として「それを実現するのは個人の構成力そのものである」という。(11)

私は表現というものを、そこにいわれるところの規制と個人的な構成力との複合と見る視点を支持するが、ひとり鈴木氏のことではなくて、ややもすると「個人の構成力」のみが問題にされる傾向を、私は警戒する。古代和歌の、特に私家集の研究において、今一番欠けているのが、このような場の視点だと私は考えている。このことを念頭に置いて『紫式部集』を読んで行くことにしたい。

さて、この冒頭歌については、早くからさまざまな問題が議論されてきた。例えば、家集の詞書には「十月十日」とある。ところが、『新古今和歌集』の詞書では、なんと「七月十日」となっている。これをおそらく、写し間違ったというような、誤写の問題に移すにはいかにも無理がある。『紫式部集』の諸本の多数は「十月十日」となっている(12)ので、これも『新古今和歌集』の撰者である定家が、勅撰集を編纂《へんさん》するときに手直しした可能性が高い。七月は旧暦では秋だから、おそらく定家は離別歌を悲しみに似合う秋にこそふさわしいと考えて、詞書を「七月十日」と直したのだと推測できる。いうまでもなく「十月十日」は、暦の上ではもう冬に入っているはずである。『源氏物語』では、暦日表現が十日単位で刻まれているが、これは季節の移ろいを感覚的に示す表現として注目できる。結論からいうと、私は、一般に別れの悲しみにふさわしいとされる秋よりも、家集の詞書どおり、この歌は寒々とした初冬のものであるとすることがふさわしいと思う。

周知のように、平安時代の和歌の御手本であった『古今和歌集』は、延喜五（九〇五）年醍醐天皇の命《めい》によって撰進された勅撰集として有名であるが、約一千首の和歌が二〇巻に分類されている。巻の順序は、春・夏・秋・冬・賀・離別・羇旅《きりょ》・物名《もののな》・恋・哀傷《あいしょう》・雑・雑体・大歌所御歌というふうに並んでいる。このように巻ごとに歌を分けることは、部立《ぶだて》と呼ばれている。この分類意識は、以下の勅撰集のみならず私家集に至るまで歌集の規範となった。個人家集でも、例えば『和泉式部集』の冒頭歌は、

春がすみたつや遅きと山河の岩間《いわは》をくぐる音聞こゆなり　（春、一番）
春日野は雪降りつむと見しかども生《お》ひたる物は若菜なりけり　（二番）
引き連れてけふは子《ね》の日の松にまた今千年《ちとせ》をぞ野辺に出でつる　（三番）
春はただ我が宿にのみ梅咲かば離《か》れにし人も見にと来なまし　（四番）
花にのみ心をかけておのづから人はあだなる名ぞ立ちぬべき　（五番、以下を略す）

で、以下はやはり、春・夏・秋・冬というふうに歌群が並んでいる。私がなぜこんなふうに冒頭歌に絞って論じているかというと、冒頭歌に家集における配列の原理が象徴的に見てとれる、と考えるからである。

ことほどさように歌人や歌集は、『古今和歌集』のもつ枠組みから強く規制を受けていたわけである。ちなみに、私家集を急ぎ片端から調べると、目に触れた限りでは六三例中、冒頭歌が春でなくかつ離別歌である事例は、わずかにすぎない。しかも、部立でいうと離別歌であると同時に冬歌でもある歌を家集の冒頭に置くのは、『紫式部集』だけである。これはまちがいなく意図的な編纂によるものであろう。いや意図の有無よりも、ひとり『紫式部集』の独自性にかかわる問題であるに違いない。[13]

そうであれば、『紫式部集』の独自性を考える上で、右の中で特異な事例は、

（1）羇旅歌をもって冒頭とする事例　柿本集。
（2）離別歌をもって冒頭とする事例　清正集、重之集、長能集など。
（3）哀傷歌をもって冒頭とする事例　信明集、仲文集など。

である。そこで特に、この中から（2）の家集の冒頭に離別歌を置く事例を見ておきたい。それは次のようなものである。

①『重之集』冒頭歌

三位の大弐《だいに》は故小野宮大殿の御子《みこ》なり、童より殿上などし給へりけり、宰相を返し奉られて大弐になられてくだり給へるを、道風はなちてはいとかしこき手書きにおぼして、手本などは筑紫にぞ書きに遣はしける、書くべき歌ども詠みてえむとのたまへば、新らしきも昔のも書き集めて奉る、この歌の人も、世の中の心にかなはぬを憂《う》きものにおもひて、下れるにやあらむ、大弐のかくておきたまへるよしなどもあるべし。所々をかしきなどもあり

松が枝《え》に往きて年ふるしらつるも恋しきものは雲居《くもゐ》なりけり

②『清正集』冒頭歌

ある所にて、みちの国の守のせられける日

かりそめの別れと思へど武隈《たけくま》の松にほど経むことぞわびしき(14)

③『長能集』冒頭歌

昔、こかみの河内国さり侍りし時、祈り申すことや侍りけむ、丹波守にて、かの国の

神々に返りまうし侍りしに、物奉れる人の侍りしにかはらけとりて
祈りおきし神の心もいちしるく昔の人のあへる今日かな[15]

まず①『重之集』の冒頭歌は、詞書には三位大弐が大宰府の長官として赴任すべく下向した折に抱いた悲しみを詠じたものであるという。この歌「松が枝に」以下、一二首の離別歌群がある。これは「所々をかしきなどもあめり」とあるから、大弐の筑紫下向に寄せて詠じたものの中から選び出されたものと推測される。ただ、以下の一二首はいずれも、特定の季節を背負うものではない。『紫式部集』の冒頭歌が、秋における離別、離別が秋のことであることにおいて悲しみのいや増さる歌となっていることとは隔たりがある。

次に②『清正集』の冒頭歌は、離別の宴の詠とおぼしき事例である。歌「かりそめの」は、離別歌の表現形式を備えている。ただこれもまた、特定の季節を背負うものではない。

さらに③『長能集』の冒頭歌は、故守倫寧《ともやす》（長能父）が河内国を去るにあたって、丹波守となって前の国の神々に帰国の報告をした折、祝いをくれた人に盃を取って詠じたものである、というわけであるから、簡略ではあるが酒宴の場での詠歌と思われる。増田繁夫氏は「長能集では贈答関係を除くと長能以外の人の歌はないので」、「父倫寧に従った長能が、宴席で代理で詠んだものと思われる」[16]（傍点は引用者による）という。離別に際して祈念した願いを神々が聞

き届けたくれたことへの感謝を詠じたものである。これもまた、特定の季節を背負うものではない。

いずれにしても、これらは、緩やかに見れば、離別の場における離別歌の範疇に属するものであり、いずれもが家集の冒頭に、それぞれ離別歌を冒頭に置くのではあるが、歌「めぐり逢ひて」のように、家集全体を象徴するような役割までは与えてはいないのである。

離別歌としての歌「めぐり逢ひて」

古代和歌は、類型的であることに特質がある。なぜかというと、歌は場に応じて歌い方が決まっているからである。離別には離別の歌を歌わなければならないからである。そこで、例えば、『古今和歌集』の離別歌の代表的な形式を、単純化して挙げてみると、次のようなものである。相手に対する働きかけを表現するものとしては、

別れを止めたい。
すぐに帰って来てほしい。
君を尋ねたい。
別れても心は通わせたい。

という形式が代表的なものである。また、自分の心情を表現するものとしては、

別れが悲しい。
君が恋しい。
君のことを忘れない。

という形式が代表的なものである。もちろん『古今和歌集』には他にも幾つかの形式は認められるのだが、それでも一定の形式に乗せないと、離別の場にふさわしい離別歌にならないのである。ここでは形式という言葉を用いたが、表現類型とか、表現形式とか、主題的な定式など、どう呼んでも構わない。ともかく、このような媒介項を用いると、歌「めぐり逢ひて」は『古今和歌集』の離別歌の伝統を直接的に引き受けているわけではないことが分かる。そのことからすると、歌「めぐり逢ひて」は、主旨は下句にあり、しいて言えば、

めぐり逢ひて見しやそれともわかぬまに　＋　雲隠れにし夜半の月かな
（個別の体験を基盤とする表現）　（離別歌の形式）

というふうに捉えることもできる。ただ下句を『古今和歌集』にみられる離別歌の代表的な形式と見るには、いささか違和感がある。それでは、これはどういう性格の歌なのかというと、『萬葉集』の分類法でいえば、

寄物陳思歌
譬喩歌
正述心緒歌

の中で、譬喩歌《ひゆか》にあたる。日本の伝統的な詩歌は、景物から見れば花鳥風月に代表されるように、物に寄せて思いを陳《の》べるという寄物陳思《きぶつちんし》が基本であるとされている。譬喩歌も寄物陳思ではあるのだが、譬えを用いることで自らの心情を隠した表現であるところに特徴がある。歌「めぐり逢ひて」は、この分類法でいうと、「雲隠れにし夜半の月」に別れた友人を譬えており、一首全体が見立てによって成立している典型的な譬喩歌である。三代集からいうと、こんな鮮やかな隠喩《いんゆ》は珍しい。

「雲隠る」という言葉

ところで、かつて木村正中氏は、この歌「めぐり逢ひて」の「雲隠れ」という表現には死が象徴されていると論じた[17]。私もそのように考えてきた。そういわれると、『源氏物語』では光源氏の他界は雲隠れという語で表現されていることが思い出される。ただ普通に考えると、離別歌には不吉な言葉を使わないであろうと想像できる。最近でも少し以前なら、結婚式には「切る」「別れる」「壊れる」「割れる」などは忌み言葉で、絶対に使わないようにと言われてきた。かたや『源氏物語』では、離別に際して歌を歌うのに「涙」という言葉も禁忌《きんき》 taboo であり、涙を流すことも禁忌 taboo である。ただ面白いことに『源氏物語』では、禁忌であるのに感極まって「涙」を流して思わず「涙」を歌ってしまう、という表現が出てくる[18]。

例えば、離別歌の事例として、松風巻の次の事例が注目される。「秋のころほひ」のある日の暁、明石入道は若君との離別を思い、涙がちに勤行《ごんぎょう》していた。明石姫君と明石君とが、嵯峨野大井川のほとりの旧中務《なかつかさ》宮邸に移り住む出発の日の朝、人々は「いみじう言忌みすれど、誰も誰もいと忍びがたし」というありさまであった。新編全集は「晴れの門出だから、不吉な言葉を口にすることを慎む」と注する（第二巻四〇三頁）。どのような会話が交わされたのかは記されていない。むしろ、人々の心情は歌に集約されている。「忍びがたし」とは、新編全集が訳出するように、単に「涙をこらえきれない」（第二巻四〇三頁）ということではなくて、言忌みを守ることができないで、と理解すべきである。

若君は、いともいともうつくしげに、夜光る玉の心地して、袖より外には放ちきこえざりけるを、見馴れてまつはしたまへる心ざまなど、ゆゆしきまでかく人に違へる身をいまいましく思ひながら、片時見たてまつらではいかでか過ぐさむとすらむと、つつみあへず、

（A）　**行く先を遥かに祈る**別れ路にたえぬは老《おい》の涙なりけり　（明石入道）

いともゆゆしや」とて、おしのごひ隠す。尼君、

（B）　もろともに都は出できこの度**やひとり野中の道にまどはむ**　（明石尼君）

とて泣きたまふさまいとことわりなり。ここら契りかはして積もりぬる年月のほどを思へばはかなしや。御方《おんかた》、

（C）　**いきてまたあひ見むことを**いつとてか限りも知らぬ世をば頼まむ　（明石君）

送りだに」と切にのたまへど、かたがたにつけてえさるまじきよしを言ひつつ、さすがに道のほどもいとうしろめたなき気色なり。[19]

この条、出立《しゅったつ》に向けて交わされる（A）（B）（C）三首の歌は、まさに離別歌である。太字

の部分は、『古今和歌集』以来の離別歌の定型的な表現形式である。[20] 物語は、人物それぞれにとっての離別の意味を、この三首でもって代表させている、といえる。これらの歌は、いうまでもなく離別歌の伝統的な表現を用い、離別歌の構造を備えている。もちろん実際の離別の場面には、このような家族的な雰囲気の中では、乳母《めのと》や女房たちも唱和することはありえないわけではない。ただ物語はそれらの歌たちを記さないだけである。そのように予想される数多く存在したはずの離別歌群が、歌集の中に置かれたひとつの和歌の基盤 ground である。(A)(B)(C)の三首をもって離別の場を代表させているといえる。

さて、(B)尼君の歌や(C)明石君の歌は、「言忌み」に従って、伝統的な離別歌の表現形式に基く、抑制された表現をとっているが、特に興味深いことは、(A)入道は送り出す側の立場にあるから、本来は挨拶の儀礼として門出に際して、若君の将来を壽《ことほ》ぐような祝意を歌うべきである。あるいは離別に際して離別を惜しむとか、早い再会を期すとかを歌うべきである。ところが入道はわが思いを「つつみあへず」、「涙なりけり」と歌っている。「涙」を流すことも、「涙」という言葉も忌まれるべきことである。それゆえに「いともゆゆしや」と述べているのだと考えられる。入道の歌は言忌みに反した歌を詠んだ。言忌みをしなければならないのに、不吉な言葉をこらえきれなかった、ということである。つまり、この物語にあっては、敢えて言葉の taboo を破って悲しみを言挙げすることが、出て行く者とこれを送り出す者との連帯感を確認することになるわけである。このような現象は、おそらく公儀としての離別の宴においてよりも、私の離別の場においてこそ顕著に生じるものであったといえる。

ただ「言忌み」の語の用例から見るかぎり、残念ながら『源氏物語』の中には、「雲隠る」の語の禁忌は認められないし、離別歌に禁忌や具体的な忌詞《いみことば》を意識する事例が少ない。と同時に、『紫式部集』冒頭歌に戻して言えば、その詞書に言忌みの意識は認められない、といわなければならない。

そこで、「雲隠る」という語句を『国歌大観』で検索すると、『萬葉集』には二三の用例がある。全ての事例を尽くすことは省くが、その中で次の四例は、葬送儀礼にかかわる挽歌《ばんか》であり、これらだけは「雲隠る」が人の亡くなる意味で用いられることが分かる。それは次のような事例である。

柿本朝臣人麻呂、妻の死《みまか》りし後、泣血哀慟《なきかなしみ》て作れる歌二首并短歌

1　（略）玉かきる　岩垣淵の　隠《こも》りのみ　恋ひつつあるに　渡る日の　暮れぬるがごと　照る月の　雲隠るごと　沖つ藻の　なびきし妹は　もみち葉の　過ぎていにきと（略）

（巻二、二〇七番）

挽歌　大津皇子の被死《みまからしめら》えし時、磐余《いはれ》の池の般《つつみ》にして流涕《かなし》みて作りませる御歌一

首

2　ももづたふ磐余の池に鳴く鴨を今日のみ見てや雲隠りなむ　（巻三、四一六番）

神亀六年己巳、左大臣長屋王の賜死し後、倉橋部女王の作れる歌一首

3　大君の命《みこと》恐《かしこ》み大あらきの時にはあらねど雲隠ります　（巻三、四四一番）

七年乙亥、大伴坂上郎女、尼理願《りぐわに》の死去《みまか》りしを悲嘆《なげ》きて作れる歌一首并短歌（略）

「反歌」

4　留《とど》め得ぬ命にしあれば しきたへの家ゆは出でて雲隠りにき　（巻三、四六一番）[21]

しつこいようだが、『萬葉集』における「雲隠る」のこれら以外の用例は、人が亡くなるという意味ではない。それまで、私はなんとなく思い込んでいただけで、調べてみて驚いたのだが、つまり「雲隠る」は、文脈 context によって死の意味があったり、なかったりするのである。これも、用例については省略するが、『源氏物語』でも同じ傾向が見られる。[22]そうすると、『紫式部集』冒頭歌の「雲隠れにし夜半の月かな」の「雲隠る」には、他界の意味があるのか、ないのか、ということはどう決着するのだろうか。つまり、『源氏物語』においても「雲隠れ」の用例は、死を意味する場合と、死とは関係ない場合とが併存している。この事実が、実は『紫式部集』冒頭歌の理解を助けるものと私は考えている。そのことを一挙に解決できる仮説

が、次のような推測である。

この家集を読み進めると、冒頭歌の童友達は地方に旅立つが客死してしまう（三九番歌）[23] ことが分かる。そこで、本当は不吉な言葉を使ってはいけないのに、最初別れに際して（あまり深く考えもせずに）「雲隠れ」という言葉を用いて詠んだことが、まるで童友達の不幸を招いてしまったと感じたのではないか、というふうに読める。いわば言葉に復讐されたかのように。それだけではない。紫式部の人生を思い浮かべて見ると、きっと嬉しいことや楽しいこともあったに違いないが、家集に配列された歌の世界はなんとも暗いものである。姉の死（一五番歌）、そして最愛の夫の急逝（四二番歌以下）、大きな悲しみの度に紫式部は、若き日の歌「めぐり逢ひて」を自分の人生を象徴する歌として思い出すとともに、何度も噛みしめたのではないか、と。編纂という視点から見ると、『紫式部集』は当初、若かりし頃幼友達との離別に際して、不吉な意味だとはあまり意識もせずに「雲隠る」という語をもって詠じた。ところが、友人の死を経験してみると、また何よりも夫の死を経験してみると、かつて自らが何の他意もなく「雲隠る」を用いたのに、この歌が人の死を象徴する意味を帯びて理解されるに至ったのだ、と考えられる。そう読み取れるように歌「めぐり逢ひて」を家集の冒頭に配置、構成していると見える。皮肉な意味で、歌「めぐり逢ひて」は彼女の人生を通じて愛唱歌だった（もしくは、愛唱歌になった）のではないかと思う。そのことからすれば、この歌は寒々とした冬の夜の月の詠であることがふさわしいのである。

この童友達が誰か、あるいはこの歌の詠じられた時期がいつかという考証的研究もあるが、(24)私には分析の方向が逆であるように思われる。編纂物として冒頭に置かれた歌「めぐり逢ひて」は、もはやそのような具体性や個別の歴史性を超えている。

なぜそんなことがいえるのかというと、『源氏物語』の中に同様の重層性が指摘できるからである。どれくらい厳密に見るかで結果は違ってくるが、『源氏物語』には、歌でもって物語が閉じられる事例は、およそ二一例存在する。(25)特に空蟬巻の巻末は典型的な事例であるが、『源氏物語』は全部で五四帖だから、その中でおよそ四割が、あえて歌でもって物語が閉じられていることになる。物語を歌で閉じるという方法は、彼女が『伊勢物語』から学んだものだと思うが、(26)にもかかわらず『源氏物語』の巻末歌が『伊勢物語』のそれと異なるのは、作中人物の歌でありながら、現実的な次元を超えて、歌が物語の総括をしたり、物語の主題を示したりするはたらきをもっていることである。

これまで述べたことをまとめて言うと、この家集の冒頭歌は、現実的な人間関係の中の詠歌という次元を超えて、人生を象徴する歌へと転換させられて冒頭に置かれている。この歌は、そのような重層性を持っている（持たされている）と考えられる。だから、家集の編纂時において、歌「めぐり逢ひて」は、あえて冒頭に単独で置かれる必然性は、そこにあったのだと考えられる。

冒頭歌と二番歌との関係

興味深いことだが、『紫式部集』においては二番歌も贈答の形ではなく、一首だけが置かれている。ただ見たままの形だけでこれを単純に独詠歌と見ないでおきたい。独詠歌のように置かれているところに、『紫式部集』の編纂独自の仕掛けがあるに違いない。冒頭歌と二番歌との間に置かれている「その人遠き所へ行くなりけり」の一文は、冒頭歌の左注であるとともに、二番歌の詞書を繋《つな》ぐ役割を果たしている。私の若かりしころ、大学院の『紫式部集』の講義で南波先生は『萬葉集』の左注や、勅撰集、私家集の左注を挙げて順番に考察されたが、その結果明らかにされたことは、『紫式部集』の左注は前後二首を繋《つな》ぐ役割をもつ点が、この家集のひとつの特徴だということであった(27)。特に、この家集の左注は歌と次の歌との連続を指示する働きにおいて特徴的である。二番歌の詞書は、家集の詞書の形式であれば普通、

虫の声あはれなりければ、

とあるはずである。ところが、『紫式部集』では、

　虫の声あはれなり。

と終止形で結ばれている。これは実践女子大学本も同様である。さてこの詞書と歌とはいったいどのようにつながるのか。

　ただこの二番歌のような詞書の表現だと、ややもすれば「鳴き弱る」は誰の歌なのかが分からなくなってしまいかねない。とはいえ、一首しか記されていないから、常識的に見て、紫式部の歌と考えてよいであろうが、この形式は意味するところが少し違っている。もともと詞書は、歌が詠まれた事情を伝えるものであるが、この場合、終止形でもって閉じるこの詞書が示しているのは、別れた友人を思う秋の果つる日、虫の声が満ち溢《あふ》れていたという状況である。歌を詠むに至る経緯や理由ではなく、その時の場面を終止形でもってまるで映画の一シーンのように示している。

　この表現にどのような企てがあるのか、ひとことで言えば、詞書と歌とは釣り合っている。これとよく似ている表現で、『源氏物語』においてすぐ思いつく場面は、先ほどにも触れた空蟬巻の巻末が歌で閉じられている事例である。

つれなき人もさこそしづむれ、いとあさはかにもあらぬ御気色を、ありしながらのわが身ならば、とり返すものならねど、忍びがたければ、この御畳紙《たとうがみ》の片つ方に、

空蟬の羽《は》におく露の木《こ》がくれてしのびしのびにぬるる袖かな　（空蟬、一巻一三一頁）

この歌は空蟬が光源氏からの消息の端《はし》に書き付けたものであるが、この歌はそれから光源氏に贈られたものか、そのままに放置されたものかは分からない。問題はそんなことよりも、この歌が、単に登場人物の心情を示すだけではなく、光源氏と空蟬との関係、あるいは物語の状況そのものを象徴する機能を持たされているということである。

先ほど冒頭歌について、『源氏物語』の巻末歌に同様の事例のあることに触れたが、空蟬巻の事例は巻末が歌で閉じられるというだけでなく、物語の地の文が終止形で閉じられつつ、かつあたかもつながりもないかのように歌が置かれるという形態の典型的な事例である。これと『紫式部集』一二番歌とは形態において直接比較できるほど類似している。すなわち、歌「鳴き弱る」には、友人に対する惜別《せきべつ》の思いと、惜秋の思いとが籠《こ》められている。秋の別れをとどめようとする虫の鳴き声に、友人との別れを惜しむ自分の泣き声とを重ねたものである。詞書で、詠じられるべき歌の内容はすでに示されているとすらいえる。歌「鳴き弱る」は一首だけが置かれているけれども、もはやこの歌は贈答であったかどうかを超えて、両者の心情や離別

の状況そのものを象徴している。つまりこれが『源氏物語』と『紫式部集』とが共有する表現方法の特徴なのである。

それではなぜ「秋のはつる日」なのか。それは歌を詠むべき折節《おりふし》であったからである。(28) 正月朔日は初春の慶びを、三月末日は惜春を詠むべき折節であるように。そう考えると、『紫式部集』のほとんどの歌は、喜怒哀楽の心情を率直に詠んだだけのものは希薄で、儀式や行事、あるいは私的であっても何か出来事と結びついて心情が託されているか、季節の節目と結びついていることが多いことが明らかになってくる。

例えば、公の別れには明らかな詠歌の場が用意される。次は南波浩氏が、二番歌との比較のために初めて取り上げた興味深い事例である。歌の側からいえば、「秋の別れ」という表現を『国歌大観』で検索すると、紙幅の都合から、具体的な用例については略すが、二六例が得られる。ところが、ほとんどの用例は『紫式部集』よりも後の事例である。その中で唯一、早い例がこれである。その意味では重要な用例である。

『古今和歌集』「離別歌」三八五番歌は次のようである。

藤原ののちかげが、唐物《からもの》の使に長月のつごもりがたにまかりけるに、上のをのこども酒たうぶりけるついでによめる　　藤原の兼茂

もろともになきてとどめよきりぎりす秋の別れは惜しくやはあらぬ

詞書に従えば、この歌は外交貿易の仕事のために派遣される役人、唐物使を送別する饗宴《きょうえん》において詠じられた儀礼歌である。離別には離別歌が詠じられなければならない。つまり類型に乗せて詠じなければならないのである。南波氏はこれが公《おおやけ》の離別であり、「唐物使の送別宴での、一種の挨拶の歌であり」、『紫式部集』二番歌は私《わたくし》の離別であり「悲哀歌の切実性とは比較にならない」という(29)。

しかしながら問題は私的な「挨拶」が表面的なものであり、空疎なものだとして説明されていることである。このような離別歌は、公的 **formal** な場だけに限られるわけではない。離別歌は、晴《ハレ》と褻《ケ》、あるいは公と私とにおいて対立しているわけではない。褻においても私においても、儀礼性は働いているからである。私的 **private** な離別の場においても、離別歌の形式をもって歌が詠まれる必要がある。

離別歌を形式から考えると、『古今和歌集』の離別歌では、

逢坂にて人を別れける時によめる　　なにはの万雄《よろづを》

逢坂の関しまさきものならばあかずわかるる君をとどめよ　（離別、三七四番）

題しらず　　　　読人しらず

かきくらしことは降らなん春雨にぬれぎぬきせて君をとどめん　（離別、四〇二番）

など、類似の形式を挙げることができる。要点は、現代語で示せば、「景物《けいぶつ》＋君をとどめたい」という主題であり、形式である。これは物に寄せて思いを述べる様式で、「寄物陳思」とよばれるものである。景物とは、もとは雪・月・花・鳥など、中世歌論において用いられた用語であるが、歌謡や和歌について一般的に用いるときには、主として四季の自然の風物などの歌材をいう。

ここで、『源氏物語』における離別歌の事例をみておこう。例えば須磨巻において、都を離れ須磨におもむく光源氏が、何度も離別の場面を繰り返すことは興味深い。場面を順番に挙げると、まず①左大臣邸で葵上の母大宮と、②二条院で紫上と、③花散里と、④朧月夜と、⑤藤壺と、⑥故院の御墓に参詣、故院と（光源氏の故院に呼びかける独詠歌）、⑦東宮と（命婦と）、⑧再び、紫上に別れを告げる条、などがある。この中では⑧の事例は、紫上の歌が心情を率直に表明する歌として典型的である。

御《み》簾《す》捲《ま》き上げて端《はし》に誘ひきこえたまへば、女君泣き沈みたまへる、ためらひてゐざり出でたまへる、月影に、いみじうをかしげにてゐたまへり。わが身かくてはかなき世を別れなば、いかなるさまにさすらへたまはむと、うしろめたく悲しけれど、思《おぼ》し入りたるに、いとどしかるべければ、

「生ける世の別れを知らで契りつつ命を人にかぎりけるかな（光源氏）

はかなし」など、あさはかに聞えなしたまへば、

惜しからぬ命にかへて目の前の別れをしばしとどめてしがな（紫上）

げにさぞ思さるらむといと見棄てがたけれど、明けはてなばはしたなかるべきにより、急ぎ出でたまひぬ。（須磨、二巻一八五～六頁）

歌「惜しからぬ」は、「別れを止めたい」と思いを何も飾らず述べる様式で、「正述心緒」と呼ばれるものである。(30) ここには、同様に「(君との)別れをとどめたい」という主題をストレートに表す様式が用いられている。このような私的な離別の場においても、離別歌の形式は不可欠である。

二番歌の特質

問題は、『紫式部集』の二番歌の特質がどこにあるか、である。繰り返すけれども、平安時

代の和歌は『古今和歌集』を規範とする。歌を詠むときに『古今和歌集』が手本になるということである。手本になるというのは、離別には離別歌の形式にのっとって詠むことが求められるということである。もちろん『古今和歌集』には秋の別れを惜しんで詠む歌はある。また一方で、人との別れを惜しんで詠む歌もある。ところが、人との別れを秋との別れに寄せて同時に惜別の思いを詠むところに、『紫式部集』の離別歌の新しさがある。秋の果つる日に、鳴き弱る虫が行く秋をとどめることができないように、私も人との別れを留めることができないというのである。

それでは、虫が鳴くことに寄せて離別を詠む歌が『古今和歌集』にあるかどうか改めて探すと、郭公《ほととぎす》という鳥が鳴くことを惜別に寄せて詠む、

音羽《おとは》の山のほとりにて人をわかるとてよめる　　つらゆき
音羽山こだかくなきて郭公きみがわかれををしむべらなり　（離別、三八四番）

という例を見出すことができる。これと、鳴く「虫」に寄せて秋の悲しみを詠む歌には、

題しらず　　　　　　　　読人しらず

わがためにくる秋にしもあらなくに虫の音きけばまづぞ悲しき　　（秋上、一八六番）

是貞のみこの家の歌合のうた　　　　としゆきの朝臣

秋の夜のあくるも知らずなく虫はわがごと物やかなしかるらん　　（秋上、一九七番）

などを挙げることができる。つまり、離別、三八四番の形式と、秋上、一八六番や一九七番の形式とを重ねたところに、『紫式部集』二番歌の表現は成り立つといえる。

さらに、この二番歌は「虫」という。特定の虫の名前を示してはいない。先に挙げたように、『古今和歌集』三八五番歌では「もろともになきてとどめよ」と呼びかける相手は、「きりぎりす」である。「きりぎりす」が秋の別れを泣いて惜しむことと、行く友に別れを泣いて惜しむこととが重ね合わされる。例えば、「松虫」という名前を用いて歌うならば、「待つ」という意味を掛けて使うことが求められることになる。「花」は桜ではなくて「花」である。『古今和歌集』の和歌の表現のもつ抽象性を考えなければならない。

二番歌の場合には、「待つ」という具体的な心情に関心はない。また「鈴虫」ならば、鈴を「振る」という縁語を用いなければならなくなってしまう。つまり、『紫式部集』二番歌では名のない虫が鳴いているのである。虫が何か、何という虫かということよりも、ともかく虫が鳴いいていることこそ重要なのである。繰り返せば、『紫式部集』二番歌は、虫も留めることのできない「秋の別れ」に対する哀切を主題とする。秋の別れに人の運命的な別れも呑み込まれ、押し流されてしまう。季節の巡りに記憶される出来事として、家集は私の半生の歴史を編んでいる。

『紫式部集』では冒頭歌にしても、二番歌にしても、離別の場がどのようなものであるか、現存の表現からはただちにうかがい知ることはできない（ように見える）。けれども、普通に考えれば、贈答歌・唱和歌が一組の形で存在した可能性は、充分にある。そうだとして、『紫式部集』においては、片方の歌は捨象されており、心情の表出だけではなく、歌一首がその間の状況の全体を象徴する形で置かれていると見るべきであろう。そして、「秋のはつる日」の「むしの声あはれなり」とは、残り少ない命に託して友人の死の予感をも滲《にじ》ませている。この問題は、冒頭歌とともに、『紫式部集』の編纂全体にかかわる問題であるに違いない。

寡居期の歌「露しげき」

右に見たように冒頭の二首は、詞書では少女期の歌とされている。ところで、これに続く三番歌は、次のようである。

さうのことしばしといひたりける人まいりて御てよりえむとある返《かへり》ごとに、
露しげきよもぎかなかの虫の音《ね》をおぼろけにてや人の尋《たづね》ん

現代語に訳すと、次のようになる。

「箏《さう》の琴を、わずかな間（でよいからしばらく貸してほしい）」と言ってきた人が、（後になって）「（自分があなたの御宅に）参上して（直接あなたの）御手から（演奏法を）教えてほしい」と書いてあった（手紙の）返事に、

露がびっしりと置いているように、涙にくれている、雑草のおいしげった私の宿の中の、まるで虫の音のように鳴いている私を、並大抵のことで人は訪ねてくれるでしょうか。ありがとう、あなたの御気持ちに感謝しています。

従来この歌は未亡人時代、いわゆる寡居《かきょ》期のものと捉えられてきたが、最近ではしばしば疑問を呈する読みが見られるようになった。例えば、歌「露しげき」が『本朝麗藻』「閑居部」に載る藤原為時の漢詩「門閑天㆓謁客㆒」を踏まえているとして、為時の無官失意の時代の詠歌とみる説もある(31)。確かに、歌「露しげき」と「家旧閑只長蓬」や「草含㆑闕生㆓秋露㆒白」などと

表現の一部に類似は認められるが、詞書における消息のやりとりとはうまく整合しないように思われる。色々と考えをめぐらしながらも、私は今なお、やはり紫式部が結婚してすぐ夫と死別した時期、すなわち寡居期の歌と捉える方が穏やかな理解だと思う。

それでは、なぜそのように判断できるのかという根拠を述べてみたい。私は漢詩表現の翻案という立場からではなく、和歌表現の伝統という立場から考えてみたい。それには「露しげき蓬が中の虫の音」という表現が鍵になる。詞書からこの歌は自然についてではなく、人事を歌っているとみられるからである。上句は単なる花鳥風月ではない。心情を託す景物が配置されているのである。和歌を読むにはコツがある。伝統的な和歌は「寄物陳思」の形式のものが多いので、上句・下句でいえば、上句が序詞（もしくは序）として働き、相手に伝えたい心情が下句に示されている。（倒置法でなければ、）上句は下句を導く修辞 rhetoric である。初句から辿って行くと、下句の目的、対象となる内容が比喩となっていることが分かる。

さてまず、意味として動かないのは「蓬《よもぎ》」である。「蓬」の用例を概観すると、勅撰集では『拾遺和歌集』巻第一九、雑賀、一二〇三番に、

題しらず　よみ人しらず
いかでかは尋ねきつらむ蓬生《よもぎふ》の人も通はぬわが宿のみち

とある。和歌における蓬は、雑草の義であり、蓬の生い茂る「わが宿」は、人も通って来ないような閉ざされた生活と心情を表現している。また、同じく『拾遺和歌集』巻第四、秋上、二三七番には、

題しらず　　　　　　　　　　曽祢好忠

なけやなけ蓬が杣《そま》のきりぎりす過ぎゆく秋はげにぞ悲しき

とある。

物語の用例では、もっと早く一〇世紀の中頃に成立したと考えられる『大和物語』に、

① 良岑《よしみね》の宗貞の少将、物へ行く道に、五条わたりにて雨いたう降りければ、荒れたる門にたち隠れて見入るれば、五間《ごけん》ばかりなる桧皮屋《ひはだや》のしもに土屋倉《つちやぐら》などあれど、ことに人なども見えず。（略）人ありともみえぬ御簾《みす》のうちより、薄色の衣《きぬ》濃き衣うへにきて、たけだちいとよきほどなる人の、髪、たけばかりならんと見ゆるが、

蓬生ひて荒れたる宿を鶯の人来《ひとく》と鳴くや誰とか待たむ

とひとりごつ。　（一七三段）

②　西の京六条わたりに、築地《ついじ》所々崩れて草生《お》ひしげりて、さすがに所々蔀《しとみ》あまたさゝげわたしたる所あり。（略）崩れより女どももあまた出て、かくいひかけたりける。

人の秋に庭さへ荒れて道もなく蓬茂れる宿とやは見ぬ　（付載説話、第一段）(32)

という例を挙げることができる。①の歌は、蓬の生い茂る宿なのに、鶯は人が来ると歌うが、誰も訪れては来ない、というのが本意である。蓬の生い茂る宿は「荒れたる宿」である。それは、誰も訪れ来ぬ宿である。②の歌は、人が訪れて来ないと、庭は荒れ果て蓬が道を隠してしまう。人に飽きられ庭さえ荒れ果てて、通い道も見えぬほど蓬の茂っている宿とは御覧にならないでしょう、というほどの意味である。

いずれも、訪れる人の絶えたことと、茂った蓬に閉ざされた宿とは、そこに住む者の鬱屈《うっくつ》した心情を表現している。勅撰集における「蓬」の初出が『拾遺和歌集』であるとすると、その用法は『源氏物語』と時代を共有しているであろうし、一〇世紀中頃に成立したと見られる『大和物語』の用例は、『源氏物語』に至る物語の伝統に立つものとして捉えることができる。

その他、『源氏物語』に先行するものとしては、同じく一〇世紀後半の成立と見られる『蜻蛉日記』中巻安和三（九七〇）年四月条に、邸第の西宮は源高明《たかあきら》（九一四〜八二年）が流罪となって三日後に火事で消失したが、妻北の方が桃園邸で悲しみにくれていると聞いて、「道綱母」が慰めの消息を贈ったという。その長歌に添えた短歌に、

宿見れば蓬の門もさしながらあるべきものと思ひけむぞや(33)

という用例がある。また、「蓬生《よもぎふ》」については、同じく一〇世紀後半の成立と見られる『元良《もとよし》親王御集』には、

こまのゝ院にて秋つとめて人々おきたりけるに源ののぶるひとりごとにいひける
白露の消え返りつゝ夜もすがら見れども飽かぬ君が宿かな
といふを聞こしめして
蓬生の草の庵《いほり》と見しかどもかくはた忍ぶ人もありけり

という用例がある。元良親王は陽成天皇第一皇子、一〇世紀後半に生きた人で、家集は他撰とされる。また『公任集』にも、

枯れたる枝に雪の凍りつきて花のやうに見えければかくて所々にやり給ひける

雪降れば花咲くとのみ見えしかど今朝は枝さへ冴《さ》えてけるかな

みあれかへし

蓬生の枝なき雪に埋もれてあやしく今は枝を見るかな　（一二九五二・三番）

とある。あるいは、

八月十五夜あきのぶがもとに

蓬生の闇も残らぬ今宵《こよひ》さへ錦の袖を知らずやあらむ

かへし

月といへど心の内は照らさぬに衣の上はそへてこそ鳴け　（一二八八〇・一番）

あるいは、

草の庵《いほり》の橘

蓬生の繁き家には見しかどもかくはた忍ぶ人もありけり　（一三一一六番）

などがある。藤原公任（九六六〜一〇四一年）は、紫式部と同時代の人物である。公任のことが三人称で表われているので、一般に『公任集』は他撰とされているが、『公任集』の和歌の用例は『源氏物語』と同時代の表現であることが注目される。蓬の生い茂る宿を歌う表現が一般化したことを基盤として、これを「蓬生」という熟した表現が成立したと考えられる。

このような文脈において用いられる、伝統的な用法を基盤として、次に掲げる『源氏物語』朝顔巻の事例、歌「いつの間に」のような表現は可能となるといえる。光源氏が故式部卿宮を訪れた折、人目のあらわな北門を避けて西門から入ろうとするが、錆《さび》ついて開かない。光源氏は三十年も間遠《まどお》にした月日を思う。

かりそめの宿《やどり》をえ思ひ棄てず、木草の色にも心を移すよ、と思し知らるる。口ずさびに、

いつの間に蓬がもとゝ結ぼゝれ雪降る里と荒れし垣根ぞ

やや久しうひこじらひ開けて入りたまふ。（朝顔、二巻四八二頁）

つまり『紫式部集』の「露しげき蓬が中」という表現に組み込まれている「蓬」が、荒れたる

宿を意味することは動かない。

それでは、そのような閉ざされた宿は「露」や「虫の音」とどのように結びつくのか。

題しらず　　　　　　　　　　　　　　よみ人しらず

君しのぶ草にやつるゝふるさとは松虫の音《ね》ぞ悲しかりける　　（秋歌上、二〇一番）

『古今和歌集』では、君のことを偲《しの》んでやまない忍草によって私の姿はやつれてしまっている。その宿に鳴く松虫は、人の訪れを待つ私の泣く声でもある。この虫が「松虫」という名を与えられているのは、訪れる人を待つという意味を引き寄せるために要請されたからである。そのことからいえば、『紫式部集』三番歌の「虫」は、松虫や鈴虫などの具体的な名を背負う虫ではなく、あえて抽象的な語を用いて「虫の音」と表現されているところに意味がある。(34)そのことからすれば、唯一「虫の音」という事例（哀傷、八五三番歌）は検討に値する。

藤原の利基の朝臣〔高藤公兄〕の右近中将にてすみ侍りけるざうしの、身まかりて後、人もすまずなりにけるに、秋の夜更けてものよりまうで来けるついでに見入れければ、もとありし前栽《せんざい》もいとしげく荒れたりけるを見て、早くそこに侍りければ、昔を思ひ

やりて詠みける　　みはるのありすけ〔御春有助〕

君が植ゑし一叢薄《ひとむらすすき》虫の音のしげき野辺《のべ》ともなりにけるかな

藤原利基が他界して後、人の訪れなくなった部屋、曹司《ぞうし》をのぞくと、庭の前栽《せんざい》はひどく荒れ果てている。曹司とは、宮中や官署の中の官吏や女房の部屋をいう。亡き人の植えた一叢薄は、虫の鳴き声のすだく野辺と変わり果てているという。鳴く虫は、鳴く私である。そこに、本歌が『古今和歌集』において哀傷歌として分類される根拠がある。

このように『紫式部集』における「蓬」と「虫の音」という語の結合は、亡き人への思いを託す文脈の上に成り立っている。そのようであれば、おのずと「露」の語義も定まってくる。

さて、『古今和歌集』には、ざっと調べてみた限りでは、「露」の語が四二例認められる。用例は省略するが、そのうち二九番歌の用例は季節の景物、光景としての露であり、比喩的な用法とは区別される。次に、露が枕詞的に用いられる事例が、三七五、四八六、六四一、八四二番歌の四首である。また、はかなさを喩《たと》える事例が、五八九、六一五番の二首。わずかな時を喩えるものとして用いられる事例が、二七三番歌の一首。懸詞（掛詞）として用いられる事例が、二六一番歌の一首である。重要であるのは、その他の用例で、涙の比喩として用いられる次の五首である。

①　さだときのみこの家にて、ふぢはらのきよふがあふみのすけにまかりける時、むまのはなむけしけるをよめる　紀としさだ
今日別れ明日はあふみと思へども夜やふけぬらん袖の露けき　（離別、三六九番）
②　題しらず　読人しらず
夕さればいとゞひがたきわが袖に秋の露さへ置きそはりつゝ　（恋歌一、五四五番）
③　題しらず　読人しらず
秋ならでをく白露は寝覚《ねざめ》するわが手枕の雫《しづく》なりけり　（恋歌三、七五七番）
④　題しらず　読人しらず
あはれてふ言の葉ごとに置く露は昔を恋ふる涙なりけり　（雑歌下、九四〇番）
⑤　題しらず　読人しらず
（略）庭に出でてたちやすらへば白妙の衣の袖に置く露の消なば消《け》ぬべく思へども猶なげかれぬ春霞よそにも人に会はんと思へば　（短歌、雑躰、一〇〇一番）

つまり、これら「露」の示す用例が、「蓬が中」「虫の音」という語の連鎖によって成り立つ表現とは、どのようなものかということである。すなわち、『紫式部集』の歌「露しげき」の意

味するところはもはや明確である。男女の恋情の介在する余地はない。

古代にあっては、蓬は葎《むぐら》とともに雑草の代表とされて、庭の荒れたようすを表す。温暖な気候に恵まれた日本では、都の邸宅に造営された南庭は、常に手入れをしなければあっという間に野や藪《やぶ》になってしまう。『源氏物語』は光源氏の訪れない常陸宮の邸宅に住む末摘花を描くときにも、庭の荒廃ぶりを描くことで、邸宅の女主《あるじ》の生活状態や精神状態を象徴させている。蓬が生い茂るのは、生活が経済的に苦しいという理由であったり、充実した気持ちを失っていたりして、庭の手入れをしないからである。夫の通って来なくなる夜離《よが》れや、他界して主人が不在であると、邸宅の庭はたちまち荒廃する。すでに知られている紫式部の経歴からすれば、夫であった藤原宣孝が、二、三年間のわずかな結婚生活の中で突如死別した時期の歌として捉えられる。最近では、三番歌を父為時の不遇時代とみる説もあるが、単に為時の失意の時期としては、繰り返し消息の送られてくる必然性がない。また、蓬・涙・虫の音とを結合させた表現が利いてこないように思う。

歌集の表現するところからすれば、連絡をよこした人はおそらく女友達であろう。女友達は、夫を失って悲しみにくれている紫式部を励まそうと、楽器を貸してほしいと伝えてきた。そのとき、紫式部はきっと何の反応もしなかった。らちがあかないと女友達は思ったのか、直接お目にかかりたいと言ってきた。楽器を貸してくれとか、教えてくれということが（それは結局どちらでも構わない）、紫式部に直接会って慰めようとしてくれる、友人の口実にすぎないことは私にはわかっていた。それで、このような和歌を返事として送ったと理解しうる。「おぼろけにてや人の尋ねむ」とあり、「おぼろけ」とは並たいていのという意味であるから、あなたが涙にくれている私のような者をわざわざ訪ねてくれるというのは、並みたいていのことではない、と。ありがとう、あなたの御好意に心から感謝している、という意味が含まれている。挨拶としての和歌のもつ儀礼性の中に、紫式部の心情がそっと托されるのである。(35)

三番歌は、家集の中でそのような思い出の一場面として構成され、二番歌と「虫の音」において連想的に、しかし内容の明暗において対照的に配置されている。

もうひとつの読みの可能性

右のように、現在のところ私は三番歌を、夫宣孝を喪った寡居期の詠と考えているが、絶対にそうかといわれると、もうひとつの可能性もあることはある。それは、昔から指摘されていることであるが、彼女の母の姿が『紫式部日記』にも『紫式部集』にも希薄であり、それは彼女が早く母を喪っていたからではないかという疑問にかかわる。

かつて原田敦子氏は、三番歌を考える上で、『蜻蛉日記』の「亡母の一周忌も過ぎた頃の記事の一節」を引く。すなわち、命日である「忌日《きにち》など果てて、例のつれづれなる」時に、「弾くとはなけれど、琴おしのごひてかきならしなど」するのだが、「忌なきほどにもなりにけるころ、兼家から、

今はとて弾きいづる琴の音を聞けばうちかへしてもなほぞ悲しき

と歌が送られてきた。ところが、かえって悲しみが増し、

なき人はおとづれもせで琴の緒を絶ちし月日ぞかへりきにける　（上巻、康保二年七月）(36)

と返歌したという記事に注目している。原田氏は、この歌「琴の緒を絶ちし」が『後拾遺和歌集』雑一、八九四番にも載ることを指摘するとともに、『列子』湯問篇第十二章や『呂氏春秋』孝行覧第二、本味《ほんみ》条に見える有名な記事、友人すなわち「知音《ちいん》の友鐘子期を亡くした伯牙が絃を絶って再び琴を弾かなかったという、所謂《いわゆる》『伯牙絶絃』の故事を踏まえる」という。(37)物語に描いたというだけでなく、紫式部が音楽に造詣《ぞうけい》の深かったことは関河眞克氏に詳しいが、(38)好きだった楽器を、思うところあってあえて弾かないことにした（絶絃）ということには理由があ

る、という故事である。

そして原田氏は『蜻蛉日記』では「亡母の忌明けに弾き出した琴の音が、琴の緒を絶ちし月日―喪中の日々―の悲しみを呼び戻す」のだという。さらに、『紫式部日記』消息文の「風の涼しき夕暮、聞きよからぬひとり琴をかき鳴らしては、『なげきくははる』と聞きしる人やあらむと」云々という記事について、「亡夫の忌日果てて弾く独琴の音が、夫を亡くした悲しみに、知己の人―自己の理解者―を喪った歎《なげ》きを重ねることを言うのであろう」（傍点廣田）と論じている。(39) 結局原田氏も、この歌を寡居期の詠歌と見るので、そのことを支持したいと思う。

ところで壽永《じゅえい》から文治年間（一一八二～九年ごろ）の成立とされる、平康頼の『宝物集《ほうぶつ》』巻第三には、「愛別離苦《あいべつりく》と申は、わかれをしむを申侍るなり」といい、琴を弾くことを絶つ事例として、同じ歌「なき人は」を挙げる。

母うせ給ひければ、つねにひきたまひける琴の緒をたちて、とりかへしておきたまひけるほどに、はかなく一とせもくれにければ、弾とはなしに、塵ゐたる琴をまさぐりて、よみ給ひける　　傅《ふ》大将母

なき人はおとづれもせで琴の緒《を》をたちし月日ぞかへりきにける　（二四九番）

鐘子期うせにしかば、伯牙、琴のををたちし心なるべし。(40)

傅とは皇太子の教育係で、ここでは藤原道綱のことをいう。彼の母は『蜻蛉日記』の作者として有名である。問題は、『紫式部集』三番歌が母を喪ったものと読める可能性はあるかないか、である。確かに『蜻蛉日記』の場合は、母を喪った事例であるが、友人の鐘子期を亡くした伯牙の故事では、男性の友人のケースである。先ほどの『紫式部日記』の記事もおそらく夫を喪ったものと読めるので、絶絃が母を喪った場合に限られるわけではなく、家集の三番歌は、やはり夫を喪ったものと読めることは動かないであろう。

ところで、三番歌の解釈がなぜそんなに大きな問題なのかというと、もし三番歌が、母を喪った悲しみのゆえに籠《こも》り続けていた時のものであるとすれば、歌の配列はほぼ年代順である可能性も出てくる。しかしこのようにして、三番歌が寡居期のものであるとすれば、『紫式部集』の和歌の配列原理は必ずしも単純に年代順の配列であるとはいえないことになる。それでは、『紫式部集』の和歌の配列原理とはどのようなものであるのか。私は、『紫式部集』三番歌は虫の音を媒介とする連想、類聚《るいじゅう》性によって二番歌の次に置かれている可能性が高いであろうと考える。と同時に、この冒頭三首を一見しただけでも、『古今和歌集』の部立を規範とするような家集とは全く異なり、『紫式部集』が死を基調とする家集であるという印象を強く持つのである。

2　『紫式部集』の歌群配列

古典の宿命といえばそれまでだが、『紫式部集』も諸本は、大きく二つの系統に分類される。ひとつは定家本系、もうひとつは非定家本系で、これは古本系と呼ばれている。(1) かねてより前者は第一類本、後者は第二類本と呼ばれてきたものである。定家本系統の最善本である実践女子大学本は、現在形において一二六首の和歌から成る。一方、古本系の最善本である陽明文庫本は、一一四首の和歌と末尾に「日記歌」一七首を付す。

研究史においては、定家本系（第一類）を古態とみるか、古本系（第二類）を古態とみるか、(2) 意見の分かれるところであるが、私は第二類本を古態を残すものと考える。さらに、清水好子氏や久保木寿子氏のように、第二類本の本文そのものの中に幾度かの増補・改訂の経緯を想定する考え方を支持する。(3) 問題は、ここから先をどのように展開させて行くか、慎重に考える必要があるだろう。古本系伝本の末尾の「日記歌」については後に触れることにしたい。

それでは、何が二つの系統を分けているかというと、一番大きな問題は、歌数と和歌の配列の異同である。すでに知られているように、両者ともに、家集の前半、冒頭歌から五一番歌までの配列は共有されている。ところが、陽明文庫本の五二番歌「をりからを」を実践女子大学本は欠いているものの、以下は小さな歌群の単位で歌の配列が大きく異なっている。とはいえ、両者を対照させ歌群単位で組み替える作業によって、古態を復元できるのかというと、現状ではどうも簡単には行かないように思う[4]。

そこで今、定家本に比べて古態性を強く残すと考えられる陽明文庫本における歌群の配列を見ると、次のようである。むろん個々の歌の解釈については、諸説があり、単純には決定できないが、以下の歌群はおよその区分として了解できるであろう。

冒頭歌群（一～五番）

めぐり逢ひて　童友達との離別。

泣き弱る　同。

露しげき　寡居期の消息。類聚的配置。

おぼつかな／いづれぞと　　　結婚の瀬踏み。

少女期（六〜二六番）

（離別歌群）（六〜一九番）

西の海を／西へ行く／露ふかく／あらし吹く／もみぢ葉を／霜こほり／ゆかずとも／時鳥／はらへどの／北へ行く／ゆきめぐり／難波がた／（陽、欠歌）／あひみむと／ゆきめぐり

（旅中詠）（二〇〜二六番）

みをの海に／いそかくれ／かきくもり／しりぬらん／おいつしま／ここにかく／をしほ山

結婚期（二七〜三八番）

ふる里に／春なれど／みづうみに／四方の海に／くれなゐの／とぢたりし／こちかぜに／いひたえば／たけからぬ／をりてみば／桃といふ／花といはば／いづかたの

寡居期（三九〜五六番）

雲のうへの／なにしこの／夕霧に／ちる花を／なき人に／ことはりや／春のよの／さをしかの／見し人の／よとともに／かへりては／たが里の

（二行空白）

をりからを〔陽五二・実ナシ〕／きえぬまの／わか竹の／かずならで／心だに〔陽五三〜五六・実五二〜五五〕

宮仕期（五七〜七〇番）

うきことを〔陽五七・実六〇〕／（陽、返し　哥本ニなし）／わりなしや／しのびつる／けふはかく〔陽五八〜六〇・実六二〜六四〕

かげみても〔陽六一・実六八〕

わするるは〔陽六二・実七八〕／（陽、返しやれてなし）／たが里も〔陽六三・実七九〕

くれぬまで／たれか世に／なき人を〔陽六四〜六六・実一二四〜一二六〕

あまのとの／まきのとも〔陽六七〜六八・実七二〜七三〕

をみなへし／しら露は〔陽六九〜七〇・実七六〜七七〕

旅中詠（七一〜七三番、錯簡か。）

ましも猶／名にたかき／心あてに〔陽七一〜七三・実八〇〜八二〕

宮仕期（七四〜一一一番）

けぢかくて／へたてじと／みねさむみ／めづらしき／くもりなく／いかにいかが／あしたづの／をりをりに／霜がれの／いるかたは／さして行く／おほかたの／垣ほあれ／をすきが／よにふるに／心行く／おほかりし〔陽七四〜九〇・実八三〜九九〕

身のうさは／とぢたりし／みよし野は〔陽九一〜九四・実五六〜五九〕

みかさ山／さしこえて／むもれ木の／ここのへに／神世には〔陽九五〜九九・実一〇〇〜一

〇四〕

あらためて／めづらしき／さらば君／うちしのび／しののめの／おほかたを／あまのかは／なほざりの／よこめをも〔陽一〇〇〜一〇八・実一〇五〜一一三〕

なにばかり／たづきなき／いどむ人〔陽一〇九〜一一一・実一一九〜一二一〕

（二行空白）

晩年期（一一二〜一一四番）

恋しくて〔陽一一二・実一二二〕　若き日の記憶。対照的配置。

ふればかく〔陽一一三・実一二三〕　同。

いづくとも〔陽一一四・実ナシ〕　編纂時期の総括的詠歌。

これをさらに、簡略化させて歌群単位で全体を見ると次のようになる。一般に、陽明文庫本七一番から七三番歌は、綴《と》じ誤りや紙の何丁《ちょう》かの入れ違いの生じた、錯簡《さっかん》ではないかとされている。これには、絶対的な根拠があるわけではないが、今仮に二〇番から二六番歌の後ろにあったものと理解すれば、さらに次のようにまとめられる。

冒頭歌群　一〜五番

めぐりあひて　童友達との離別。
泣き弱る　同。
露しげき　寡居期の消息。類聚的配置。
おぼつかな／いづれぞと　結婚の瀬踏み。

少女期　離別歌群　六〜一九番
　旅中詠　二〇〜二六番・七一〜七三番（錯簡か）
結婚期　二七〜三八番
寡居期　三九〜五六番
宮仕期　五七〜七三番・七四〜一一一番
晩年期　一一二〜一一四番

恋しくて〔陽一一二・実一二二〕　若き日の記憶。対照的配置。
ふればかく〔陽一一三・実一二三〕　同。
いづくとも〔陽一一四・実ナシ〕　編纂時期の総括的詠歌。

ちなみに、清水好子氏が「娘時代」と称して[5]注目した歌群について、このたび私はあえて冒頭五首を冒頭歌群としてひとまとまりをもつように据え直して提案することにしたい。

ところで、なぜ両本の間で、歌の配列において後半に著しい異同があるのかといわれると、これはなかなか難しい問題である。双方に共通する歌・詞書の脱落や物理的な錯簡も予想されるが、定家本系の祖本における定家の関与を考えることは妥当であろう。この考えは、ほぼ一般的になっているかと思う。

すでに岩波文庫の『紫式部集』は、南波浩氏の校訂本文として広く知られているが、これには大きな問題がある。そのひとつは、現存伝本には何ヶ所か、明らかに早く歌の欠落した痕跡がある(6)のだが、この校訂本文は、実践女子大学本を底本としながら（それまでの校訂がそうしてきたように、）欠落とみられる部分に、失われたと想定される歌を補いつつ、紫式部の家集を「復元」しようとしたことである。そして何よりも、伝統的な文献学の方法から敷衍《ふえん》される問題でもあるのだが、残された諸本の異同の中から、異同の語句について良し悪しや古い新しいを選択し、より紫式部本来の表現を求めて「原形」あるいは、より古代的な表現を求めて「古態」を模索することを目的として校本を制作したことである。ただそのとき、諸本の異同の中に元の表現が隠れている（かもしれないのだが、絶対に在る）という保証はない。さらに、いくら学識を深めたとしても、異同の中から「善い」「古い」表現を選択する判断が感覚的で、恣《し》意《い》的なものに陥る危険性もある。(7)いくら客観性を持たせたとしても、この手続きによって得られた校本は残念ながら昭和の混態本のひとつであることを免かれない。

この作品に限らず、校訂の問題は、近時よく議論されてきたことであるが、私の考えでは、現状においては、性急に「原形」をめざして両系統を統一した校訂本文を制作すべきではなく、むしろ先を急がず話を元に戻して、実践女子大学本は実践女子大学本として、陽明文庫本は陽明文庫本として、それぞれの本文を尊重し、現存の写本のありようから出発し直すべきだと思う。そしておそらくこのような考えは、ほぼ現在の研究者の間で共有されていると思う。ともかく、現存家集には五二番歌以降、古本系と流布本系との間に大きな対立はあるが、いずれにしてもただちに「復元」は困難であるといわざるをえない。

そこで私は、さらに包括的に見て、この家集が現在形において、

冒頭歌群
少女期（離別歌群、旅中詠）
結婚期（恋愛期）
寡居期
宮仕期（出仕期）
晩年期

というふうに、おのずから歌群単位で緩《ゆる》やかな構成をなしていると見ることはできると思う。そして何の根拠もないのだが、成立過程と絡んで、特に後半は構成の緊張が緩んでいるように感じるが、おそらくこの家集の初期の形態は、基本的にはこのような構成を備えていたものと考える。そしてこのような形態を定家がより強調したとみる方が穏やかであろう。いずれにしても、形態を見るだけでも、この家集がいかに特異な構成をもつかが分かる。

ところで、私が興味深く感じることは、冒頭歌は、詞書では童友達だった二人が、数年経って再会したとあり、家集の冒頭部は成人式というものを意識していると考えられることである。つまりこの家集の配列の幹となる部分は、『竹取物語』『伊勢物語』『宇津保物語』そして『源氏物語』も含めて、平安時代の物語と同じように、主人公の成人式から他界（もしくは晩年）まで、緩やかな一代記 biography として構成されているといえる(8)。

ただ、そのような大きな枠組みをもちつつ、冒頭二首と三番歌とは詠まれた時期が異なる。共通しているのは、友人の死と夫の死というように、死が家集の冒頭に据えられていることである。詠歌の時が異なる三番歌をなぜこんな順序で和歌を配列したのかというと、それは、配列ということからいえば、早く竹内美千代氏が指摘されているように、恐らく類聚性の問題である(9)。表現における連想であるといってもよい。すなわち、二番歌と三番歌は、虫の声と死の悲しみの記憶を共有している。だからこそ振り返って冒頭歌「めぐり逢ひて」は、友人の死に、夫の死を重ねていると了解できるのである。

　そのような全体的な構成の中で、今改めて冒頭部の歌群の配列を図示すれば、次のようになる。

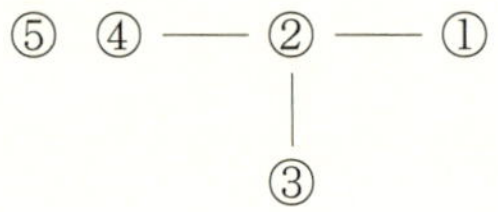

原則として緩やかな時系列に添った、一代記的な配列を幹としながら、連想的な類聚性によって、連想的で対照的に配置された枝を分岐させる構成だとみることができる。誤解されると困るのだが、それぞれの時期に詠まれた歌が、時代順に並べて記されているということではなく、歌が歌群単位で、一代記的な構成のもとに配置されているということを、私は主張しているのである。

3　離別歌群

友人下向の歌群

『紫式部集』は諸本のいずれもが、童友達との離別歌（一、二番歌）と、寡居期の歌（三番歌）と、若き日の恋の瀬踏みの贈答（四、五番歌）とを介して、六番歌以下に友人が下向するのに際して詠じられた贈答の歌群が続いて置かれている。ただ、これがその頃の紫式部の経験そのままのことだったと安易に判断しない方がよい。むしろあえて、このように歌群の配列されていることが重要である。

（6）つくしへ行く人のむすめの

西の海をおもひやりつつ月みればただになかるるころにもあるかな

（7）返りごとに

西へ行く月のたよりに玉づさのかきたえめやは雲のかよひ路《ぢ》

（8）はるかなる所にゆきやせむゆかずやと思ひわづらふ人の、山里よりもみぢををりてをこせたる

露ふかくおく山里のもみち葉にかよへる袖の色をみせばや

（9）かへし

あらし吹くとほ山里のもみちばは露もとまらむことのかたさよ

（10）又その人の

もみぢ葉をさそふ嵐ははやけれど木のしたならで行く心かな

（11）物思ひわづらふ人のうれへたる返りごとに、しも月ばかり

霜こほりとぢたるころの水茎《みづくき》はえもかきやらぬここちのみして

（12）かへし

ゆかずとも猶《なほ》かきつめよしもこほり水のそこにて思ひながさん

（13）賀茂にまうでたるに、ほととぎす鳴かなむといふあけぼのに、かたをかの木ずゑをかしうみえけり

時鳥声まつほどはかたをかの森のしづくにたちやぬれまし

(14) やよひのついたち、河原にいでたるかたはらなる車に、法師のかみをかうぶりにてはかせだちたるをにくみて

はらへどのかみのかざりのみてぐらにうたてもまがふ耳はさみかな

(15) 姉なりし人亡くなり、また人のおとうしなひたるがかたみに、あひてなにかかはり思ひ思はむといひけり。文のうへにあね君とかき、中の君とかきかよひけるが、おのがじしとほき所へ行きわかるるに、よそながらわかれをしみて

北へ行くかりのつばさにことづてよ雲のうはがきかきたえずして

(16) 返しは西の海の人なり

ゆきめぐりたれも都にかへる山いつはたときくほどのはるけさ

この歌群にも仕掛けがある。六番歌に「つくしへ行く人」が歌を寄こしたとある。「つくしへ行く人」とは、大宰府《だざいふ》の官人や筑紫国や肥前国などの地方官として赴任する人達のことである。女友達はそのような家の人で「西の海」への下向をただ泣いている。まだ実測の地図などない時代の九州は、都人にとっては難波から船で行くからこそ、まさに「西の海」だったであろう。受領の任期は四年であるから、四年の地方生活は長いといえば長い。誰もが、都を

離れることは何よりも辛《つら》いことだったに違いない。特に地方官の任を拝命した受領たちに、下向することは避け難いことであった。[1] その証拠に『古今和歌集』の離別歌には、下向に際して催された饗宴《きょうえん》の折の贈答・唱和の歌が多く採用されている。[2]

そこで考えるのだが、紫式部の古代の旅の歌は、われわれの思い描くような、例えば車窓に流れ行く風景を眺めつつ、一首（一句）ひねり出すというような、吟行を連想しないほうがよい。

ではどう考えればよいのかというと、私は長い間、『伊勢物語』の東下りの章段、定家本でいうと第九段は実に興味深いと感じてきた。昔男たちが三河国八橋という所で、「沢のほとりの木の蔭に」馬から下りて昼食をとる条である。「その沢」のほとりにかきつばたの花が咲いていたので、友人である「ある人」が「かきつばたといふ五文字」を歌の五句それぞれの頭に置いて詠むように課題を出した。いうならば即境的な景物を用いて物名の歌を詠むように要請したわけである。そこで昔男は、

からころもきつつなれにしつましあればはるばるきぬるたびをしぞおもふ

と詠んだ。皆なつかしい都へ思いをかきたてられて涙し、乾燥した御飯がほとびてしまったと

いう。この歌「からころも」は、確かに『古今和歌集』の物名《もののな》の部立ての例歌としてみても、実によくできた歌であるが、特に私が興味深く感じることは、旅中において歌の詠まれる場が、この場合はまことにささやかなものであるにしても、食事の折、饗宴の場であるということである。いわば歌は、歌われるべき場のものである。歌「からころも」の場合は、言語遊戯的な座興の歌を求められたのに、詠歌の結果、物名の技巧、修辞の秀逸さよりも、思いがけず悲哀の感情を刺激されてしまうことになったことを物語は伝えているのである。

ともかく返歌の七番歌において「私」は、別れ行く女友達に書き絶えることなく手紙を交わそう、と慰めたという。ところでこの人と、八番歌の人とは冒頭歌の童友達と同一人物か否かということが議論されてきた。絶対に同じである必要はないし、違っていたとしても構わない。一〇番歌のように「又その人」とは示してはおらず、改めて設定し直されている、といえる。私は、実際上同一人物であったかどうかとは別に、表現において区別されているということができると思う。八番歌の人は「はるかなる所にゆきやせむゆかずやと思ひわづらふ人」とあるから、この人は、夫か親か分からないが、伴に下向すべきかどうかを悩んでいる。重要なことは、この場合、やはり下向するかどうか、悩みつつ泣いていると訴えたのに対して、南波浩氏『紫式部集全評釈』の説に従えば、私は「露もとまらむことのかたさよ」と、運命には逆らえないことに共感するところに「友の苦境に対する連帯的な慨嘆」をみてとる。(3)いうまでもなく「露」は自然現象としての露に、全くないと打ち消す副詞「つゆ」とを掛けることによって、上句を序として、やはり都にとどまり続けることはできないという下句の心情を導いている。さらに、一〇番歌は、「又その人の」とあるから、八番歌の人と同一人物と読めと詞書は指示している。ところが、一一番歌は「物思ひわづらふ人」とあるだけで、六番歌の人や八番歌・一〇番歌の人と同じでなくともよいことが分かる。「水茎《みづくき》」とは筆のことであるが、返歌の一二番歌で私はやはり、手紙を出すから心を通わせようと慰めていて、別の人として設定されているが、同様の運命にもてはやされる友人に、同様に慰める他ないことがおのずと呼応してくる。これら少女期の離別歌群の贈答は、同一人物かどうかという議論を生む時、系列な配置と捉えるよりも、同様の離別の事例を畳みかけて重ねてゆく、類聚的な配列と見る方がよいであろう。さらに、一五番歌は、私が姉を亡くし「また人のおととうしなひたる」女友達と、お互いに姉・妹と呼び合おうと約束したが、彼女とは「おのがじしとほき所へ行きわかるる」ことになってしまう。その「返しは西の海の人」であったという。一般に「姉」とは紫式部の姉、為時の長女とされる。長徳元(九九五)年ころに他界したかとされている。(4)詞書では、六番歌の人と、一五番歌・一六番歌の人とは同一人物とされている。

誰と誰とが同一人物であろうとなかろうと、いずれにしても、地方官に任命された親族とともに都を離れて下向する運命を嘆くさまが、幾重にも重ね合わされて交響 symphony するといった体《てい》である。そのように歌の贈答が配列されているのである。紫式部の生涯の中で、少女期だけに限って友人が下向したわけではないだろうから、家集はあえてこの時期に下向する友人との贈答を配置し、その果てにみずからの越前下向の歌群を配置する、という構成をとったといえる。

このように『紫式部集』には、冒頭歌群に続いて、地方へ下向する友人との離別歌群が置かれている。そして、それに続いて紫式部の越前下向の歌群が置かれている。以前から、これらの歌群は、紫式部の少女時代を伝えるものと理解されてきたが、いささか強引な単純化という誹《そし》りを受けるかもしれないけれども、私はむしろ、

冒頭歌・二番歌　（離別歌）　一・二番歌
地方へ下向する友人との離別歌群　六〜一九番歌
紫式部の越前下向の歌群　二〇〜二八番歌

という和歌の配列は、家集編纂における意図的な構成ではないかと考える。つまりこのような構成によって、自らの半生は自他ともども離別の繰り返しであるということを、強く印象付け

ることになるからである。

ただし、寡居期の詠と考えられる三番歌や、若き日の思い出であろう四・五番歌がなぜ挿入されているのかは、類聚性の問題であるとしてもなお疑問は残る。例えば、一三番歌「時鳥」は上賀茂社に参詣したときに杜叢《しやそう》の神々しさを讃美したものである。一四番歌「はらへどの」は、『今昔物語集』では「法師陰陽師」などと呼ばれた、私度の法師であるのに、勝手に神主に扮して禊祓をおこなうことを咎《とが》めたものである。この両歌は、参詣と禊祓という類聚的な配置であろうが、また心ゆくものと不愉快なものという対照的な配置でもある。この両歌は、先に述べた離別とどのように位置付けられるのか、など問題は、依然として残る。それにしても、それらは幹の問題であるよりも枝・葉の問題であって、緩やかに歌群の構成の存することは否定できない。

『紫式部集』の旅の歌群

さてここで取り上げる問題は次の歌群、紫式部の旅中の詠歌についてである。何が問題かというと、この歌群については、父為時と紫式部の一行が、越前下向の旅に際して、どこをどう通ったのか、また各々の歌が往路か復路か、またそれはいつのことかと、それぞれさまざまに議論が積み重ねられてきたことである。紫式部の越前下向の行路推定という地理考証や、作歌時期とそのときの紫式部の心理状態の推測など、かねてから歴史考証に論議の関心の集中する傾向があったことはまちがいない。[5] しかしながらそれは家集のまっとうな読み方なのだろうか。私はそのような議論に積極的に加わろうとは考えない。なぜなら、そのような考察は、詞書と歌とを、歴史上の事実なるものに押し戻す恐れがあるからである。ともに旅中の途次の歌だからといって、ここで私が羇旅《きりょ》歌というふうに、一括して呼ばないのには理由がある。紫式部の旅の歌群が旅の詠であるにもかかわらず、『古今和歌集』の部立にいう羇旅歌と、さらに羇旅歌ではないものも含まれているからである。そのことは何を意味するのであろうか。

従来、『紫式部集』における旅中の詠歌については、例えば、次のような歌を取り上げてみよう。

しほつ山といふ道のいとしげきを、賤《しづ》の男《を》のあやしきさまともして、なをからき道なりやなど云をきゝて、

しりぬらんゆきゝにならすしほつ山世にふる道はからきものぞと

（陽明文庫本、二三番歌）

簡単に現代語訳をすると、次のようになる。

塩津山という道がひどく険《けわ》しく厳しいことを、下賤の男がみすぼらしい姿をしながら、「やはり辛《つら》い道だ」とこぼすのを聞いて、平素から往来に馴れているはずの塩津山でも、この世に生きて行くことは辛いものであると。

一般にこの歌は、紫式部の都から父の赴任地である越前に下向《げこう》するときの歌として考えられている。例えば、二三番歌の「猶からき道なりや」という言葉は、

・「やっぱりここは辛《つら》い道だなわい」（竹内美千代『評釈』七〇頁）
・「相変わらずえらい道だなあ」（清水好子『新書』四七頁）
・「何度通っても、やはり、歩きづらい道だわい」（南波浩『文庫』二二頁）
・「平素何度も歩いている道だのに、何度歩いてもやっぱり歩きづらい道だなあ」（南波浩『全評釈』一三九頁）

などと現代語訳されている。「やはり」や「相変わらず」に含まれているのは、いつも通って

いる道であるが、というニュアンスであろうが、問題は「猶」はどこにかかるか、である。また、「何度通っても」という補助的な解釈が加えられる根拠は、どこに認められるべきであろうか。「猶」という言葉は、詞書の文脈に即せば、まず提示された「塩津山」という名を受けて、「やはり」の意味であるはずである。「塩津山」の名のとおりやはり、の意味である。つまり（「塩津山」の名のとおり）「猶からき道なりや」と「賤の男」が秀句《しゅうく》を口にしたのである。秀句とは、言葉の同じ音、同じ語呂《ごろ》を利用して、うまく洒落をもって言いかけた言葉をいう。詞書は、「賤の男」が「塩津山」の名のとおり、「猶からき」という言葉を発したということに関心を寄せている。『紫式部集』は「賤の男」のものした秀句を気にとめた、ということである。

あるいは、先学の解説のとおり、ただ単に「賤の男」が相変わらず辛い道であると、口に出して言っただけだ、と理解しても構わない。そのとき、この言葉に対して、紫式部が「塩津山」という地名との関係に注目したということが重要であることになる。つまり、賤男が辛い道であると言葉を発したとき、たまたまそこが塩津山であった、ということに私は気が付いた、ということでもよい。いずれにしても、「賤の男」は歌わない。『紫式部集』はその言葉の意味や価値を「賤の男」たちが理解できない、知らないのだと解釈している。「賤の男」の言葉の遊戯に触発されて、言語営為として歌を呼び起こされたと『紫式部集』は記している。思いがけない言葉の取り合わせの面白さを詞書は示している。歌が言葉の取り合わせの面白さを読み解くのではない。詞書ですでに興味のありかは尽くされている。そして、縁語、懸詞（掛詞）などによって歌が生成されるに至る、言語の連鎖と表現の増殖性に興味は向けられている。

ちなみに、『紫式部集の研究　校異篇・伝本研究篇』によると、松平文庫本など定家本系統の幾つかの伝本や別本系本文では、「しほつ山といふ道のいとしげきを」に相当する語句がない。(6)これによると、「賤の男」の言った言葉の理由が、歌によって初めて種明かしされるということになる。「塩津山」と「なをからき」の関係はより深いといいうる。異同は、歌に対する伝本それぞれの解釈の差異を示すものである。どちらが、あるいはどれが古態か、原形に近いかということはにわかには議論できない。残されてある伝本における統一性、完結性において、詞書は歌をどのように読んでほしいのかということを、それぞれの伝本において示していると考えておくことにしよう。

ところで、「賤の男」の発した言葉に対する『紫式部集』の理解を考えるとき、『土佐日記』の次の条は参考になる。

かくうたふをきゝつゝくるに、くろとりといふとり、いはのうへにあつまりをり。そのいはのもとに、なみしろくよす。かぢとりのいふやう、「くろとりのもとに、しろきなみ

をよす」といふ。このことば、なにとはなけれども、ものいふやうにぞきこえたる。ひとのほどにあはねば、とがむるなり。(7)

有名な箇所である。楫《かじ》取りが発した言葉に『土佐日記』はいたく興味を示している。このことは、「なにとはなけれども、ものいふやうにぞきこえたる。ひとのほどにあはねば、とがむるなり」において、楫取りの言葉に注目した理由は示されている。楫取りが「ものいふ」ことは、「ひとのほどにあは」ないゆえに、咎《とが》められているのである。「黒き鳥のもとに白き波を寄す」という言葉は、「風流めいた秀句(8)」と捉えられてきた。『古今和歌集』の撰者であるほどの歌人であるとともに、『伊勢物語』にも関与したと評価の高い紀貫之だからということとともに、『土佐日記』の方法からして、景物における色彩の対照的 **contrust** な手法をもって「なにか詩句でもいうように(9)」というふうに訳出されることは、修辞に触れる読みとして重要である。

この問題を『紫式部集』二三番歌・詞書に戻していえば、徒歩で行く「賤の男」たちに対して、「世に経る道は」と世間慣れしたかのような口ききをするところに、階級的・階層的な賤視や優越感、若さゆえの勝気《かちき》さを見ることは許されるだろう。貴族の姫君としての意識が滲《にじ》んでくるとしても、この時代においてそれはありうることである。

しかし、見落としてならないことは、「人の程」の身分であってこそ「ものいふ」ことは許されるという考え方である。地名も、言葉への興味も、より階級的・階層的な問題なのかもしれない。そして、『土佐日記』の事例を参考にすると、『紫式部集』一二三番歌において、「賤の男」が「塩津山」という名を受けて「やはり」の意味で、「猶からき道なりや」と言ったことこそ、紫式部にはあたかも「ものいふ」ことのように（生意気な言動だと）感じられたことに対して、歌は呼び起こされたということができる。

この問題を考える上で、おもしろい事例がある。『赤染衛門集』二四〇番は、夫が尾張国に下向する途次の詠である。

「すくなかみといふ所になりにけり」と楫取りていふを聞きて、
ちはやぶるすくなかみてふ神代よりかみがへことはいふにやあるらん

これには若干の注釈が必要であろう。『赤染衛門集全註釈』によると、「すくなかみ」とは「不明」であるが、「近江国蒲生郡にある旧県社『沙々貴神社』の祭神が、『少彦命《スクナビコナノカミ》』であるから、これを指す」かという。また「かみがへごと」とは「陰暦十月」に「出雲に諸国の神々が集まり」「十一月」になると「もとの国へ帰る」という「神替之事」と、「国守交替」とを掛けることを指摘する。[10] つまり、歌「ちはやぶる」の上句は序になっており、スクナヒコナを想起させる地名に触発されて、神代における神替《か》えではないが、赤染衛門（九五七頃〜長久年間か）が夫大江匡衡に伴って尾張に下向する旅は、国司の意味の守《かみ》の交替も、仕方のないことだという下向の心情を導いている。これは、楫取りの発した地名に赤染衛門が反応して懸詞（掛詞）を利用して詠じたものであり、『紫式部集』の「しりぬらん」も同様の言語遊戯的な歌なのである。

このように、地名に絡んで、言葉の結び合わせの面白さに『紫式部集』は関心を寄せている。このことは、歌の歌われた時の行路・帰路の判別の議論とは別である。地名という言葉に反応するところに、『紫式部集』の文学的営為をみてとることができる。

それでは、次のような旅の詠歌はどのように理解すればよいであろうか。

あふみの海にてみおがさきといふ所にあみひくを見て、
みおの海にあみひくたみのてまもなくたちゐにつけて宮こ恋しも
（陽明文庫本、二〇番歌）

簡単に現代語訳すれば、

近江の湖で、三尾が崎という所に網引くさまを見て
三尾の海に網引く人々の手を休める暇もないように、日々の立ち居につけて都が恋しくて
たまらない。

これも同様である。一首の歌の主旨は、下句「立ち居につけて都恋しも」にある。それを導いてくるのが、「みおの海にあみひくたみのてまもなく」であり、「たちゐ」という語を媒介として網引く者の立ち居と詠者の立ち居とが重ね合わされる。詞書によれば、「三尾の海」で働く人のようすに触発された歌ったという。そのことを「みおの海にあみひくたみのてまもなくたちゐにつけて」と歌うとき、土橋寛氏の用語を借りて言えば、「即境的景物」[11]として組み立てられる上句は、下句の心情を導く修辞として機能している。

南波浩氏によると、群書類従本は「ひまもなく」、紅梅文庫本や別本には「手もたゆく」という異同がある。南波氏は岩波文庫『紫式部集』の校訂本文に「手間もなく」を取っておられるが[12]、後には「手間もなく」の用例が「他に見当たらない」ことから「ひまもなく」が分かりやすいとして『紫式部集全評釈』では、「ひまもなく」を本文に採用しておられる[13]。要するに、本文校訂において、揺れてきた箇所である。

ただ「あふみの海」も「みおがさき」も、この事例では、それが現在のどこであるかは結局のところどうでもよい。「手間もなく」もしくは「暇（あるいは隙間《すきま》のことか）もなく」によって心情に転換して行くおもしろさが、この歌の主旨である。この場合、歌はその土地そのものに興味があるのではなく、地名というものに喚起されて歌が詠まれるところにある。だから、これらの地名がどこに比定《ひてい》できるかにこだわっても虚しいのである。

いずれにしても、この歌の核心は「都恋しも」の第五句に尽きている。もちろんここには「都恋しき」とする伝本も数本存在する[14]のだが、「も」で結ぶところに萬葉風の詠みぶりを認めるとしても、まさに望郷の思いを主題とする典型的な羇旅歌である。目的地への思いが見られない。と同時に、注目すべきは都を離れて目にする光景が、この歌の場合、不安感であるよりは、好奇の対象としての興味であるということである。それは、一一四番歌の詞書と同様である。下向の他では、寺社参詣のための物詣《ものもうで》や参籠《さんろう》以外には外出の機会のなかった中流貴族の娘にとって、地名は好奇の対象を歌に詠む動機としてあったとみたい。現実の経験によってのみ詞書と歌を説明するだけでは歌の表現それ自体が閑却《かんきゃく》されてしまうことになる。歌の詠まれた地が、現実のどこかを議論するばかりで、歌の表現そのものが放置されてきたことが問題なのである。

地名に対する興味

地名に反応するという性向は、何もひとり紫式部だけのものではない。清少納言『枕草子』にも、うかがえる。例えば、三巻本の第三五段に、

池は、勝間田の池。磐余《いはれ》の池。贄野《にへの》の池、初瀬に詣でしに、水鳥のひまなく居て、立ち騒ぎしが、いとをかしう見えしなり。

と池の名を列挙している。ここに見える「勝間田の池」「磐余の池」は大和国の歌枕であり、「贄野の池」は、『蜻蛉日記』の中に、初瀬詣の途次に出てくる有名な地名である。ところが、清少納言は「初瀬に詣で」て、歌枕の地を訪れたのに、和歌を詠まない。もしかすると実際には詠んだのかもしれないが、『枕草子』には記していない。彼女の興味は「水鳥」の「立ち騒ぎし」ことにあるというのだ。続いて、

水なしの池こそ、あやしう、などてつけけるならむとて、

とある。さらに、「水なしの池」なんて、どんなわけがあって付けたのか、そんな名前がありうるのかと不審に思った彼女は、その池の名のいわれを人に尋ねると、雨の多く降ることになる年は池が干あがり、晴天の多くなる年は春先に池の水が多い。いわば天候を占う池だという答えを得たことを記している。ここにも彼女の和歌はない。さらに、平城京の「猿沢の池は」として、采女が入水した伝説を引き、帝が「きこしめして、行幸などありけむこそ、いみじうめでたけれ」と批評する。清少納言にとっては、この池の名よりも、出来事の悲哀さよりも、この池に帝の行幸のあったことが「めでたけれ」なのである。周知のように、采女を悼む奈良帝と人麿との和歌を伝える物語は、平安時代の『大和物語』第一五〇段、『人麿集』、『七大寺巡礼私記』などに記されていて、大変有名である[15]が、この伝説に寄せる彼女の和歌はない。『枕草子』はさらに、次のように続く。

　おまへの池は、またなにの心にてつけけるならむと、ゆかし。鏡の池。狭山の池は、三《み》稜《くり》草といふ歌のをかしきが、おぼゆるならむ。こひぬまの池。はらの池は、「玉藻な刈りそ」と言ひたるも、をかしうおぼゆ[16]。

「おまへの池」に対する清少納言の興味は、「水なしの池」に対して彼女の抱いた疑問と同じである。ところが、「狭山の池」「はらの池」なども、歌枕である。和歌とともに伝承されている歌枕として記憶され、当時の人々の間で共有されているものと見える。ところが、ここではついに、清少納言は一首も歌を歌っていない。

ここでは詳しく触れる暇はないが、清少納言は、『枕草子』第九五段「五月の御精進のほど」において告白しているように、祖父深養父や父元輔という歌詠みの家の重すぎる伝統を背負うゆえに、歌を詠むべき機会にも、なかなか歌を詠まなかった（詠めなかった）のである。

このように、『枕草子』が第三五段で取り出し、列挙する地名には、清少納言が和歌とともに記憶する歌枕と、地名そのもののもつ言葉の面白さとの二つが認められる。つまり、紫式部もまた、このような二つの点で地名に関心を示しているといえるのである。

旅の饗宴における言語遊戯の歌

ところで、私のゼミで二〇一一年度に卒業論文を書いた小野塚裕君は、『紫式部集』の歌「しりぬらん」や歌「みおの海」など、羇旅《きりょ》の歌を考えるにあたって、勅撰集の羇旅歌だけでなく、『和泉式部集』や『赤染衛門集』の旅中詠を比較、参照して『紫式部集』の独自性について考察している。(17)

彼の研究の刺激を受けて、改めて『赤染衛門集』の旅中歌を挙げると、次のようである。底本は流布本の代表のひとつ榊原本である。

（詞書の**太字**は地名を示す）　　（○×は地名が歌の修辞に関与するか否か）

一六九　**尾張**に下りしに、七月朔日《ついたち》ころにて、わりなうあつかしりかば、**逢坂の関**にて、し水のもとにすずむとて、

越えはてばみやこも遠くなりぬべし**関**の夕風しばしすずまん　○

一七〇　**大津**にとまりたるに、「あみひかせて見せん」とて、まだくらきよりおりたちたるをのこどもの、あはれに見えしに、

朝ぼらけおろせるあみのつみなればくるしげにひくわざにありける　×

一七一　それより、舟にのりぬ。**ふくろかけ**といふところにて、

いかにしておもひいりけんたよりなき山の**ふくろ**のあはれなるかな　○

一七二　七日、**えちがは**といふところに、いきつきぬ。きしにかりやつくりておりたるに、ようさり、月いとあかう、浪おとたかうてをかしきに、人はねたるに、ひとりめざめて、

ひこほしはあまのかはらに舟出しぬ旅の空にはたれを待たまし　×

一七三　またの日、**あさづま**といふところにとまる。その夜、風いたうふき、雨いみじうふ

りてもらぬ所なし。頼光が所なりけり。壁にかきつけし、

草枕露をだにこそ思ひしかたがふるやとぞ雨もとまらぬ　×

一七四　水まさりて、そこに二三日あるに、ひをえてきたる人あり、「このごろは、いかであるぞ」ととふめれば、「水まさりては、かくなん侍る」といへば、（地名ナシ）

あじろかとみゆる入り江の水をふかみひをふる旅の道にもあるかな　×

一七五　それより、**くひせ河**といふところにとまりて、よる、鵜《う》かふを見て、よる、鵜かふを見て、

夕やみのうぶねにともすかがり火を水なる月の影かとぞみる　×

一七六　又、**むまづ**といふ所にとまる。夜、かりやにしばしおりてすずむに、小舟にをのこふたりばかりのりて、こぎわたるを、「何するぞ」ととへば、「ひやかなるをもゐくみにおきへまかるぞ」といふ。

おきなかの水はいとどやぬるからんことはまなゐの人のくめかし(18)　×

これは長保三（一〇〇二）年、夫大江匡衡《まさひら》に伴って尾張国へと、赤染衛門が下向したときの歌群である。この歌群から何が分かるかというと、赤染衛門の場合、詞書に地名を提示しつつ、その地名が歌を喚起することが、全くないわけではないけれども、『紫式部集』の旅中詠に比

べて希薄だということである。

その中で私は、次のような旅中の詠歌について、徒歩《かち》なのか舟なのか、輿《こし》なのか馬なのかは分からないが、移動する方法がどのようなものであれ、単に路中の歌というよりも、旅中に催される食事、饗宴 banquet の場の歌における詠歌と捉える必要があると思う。一見すると、偶然に出くわした光景を詠んでいるように見えるかもしれないが、それは違う。

①『和泉式部集』六六九番
　網引かせて、見るに、網引く人どものいと苦しげなれば、
阿弥陀仏といふにも魚はすくはれぬこやたやすくとは譬ひなるらむ

②『赤染衛門集』一七〇番
　大津に泊りたるに、「網引かせて、見せん」とて、まだ暗きより下り立ちたるをのこどものあはれに見えしに、
朝ぼらけ下ろせる網の罪なれば苦しげに引くわざありける

①は、網と阿弥陀とを懸け、網を掬《すく》うことと仏が人を救うこととを懸けている。佐伯梅友『和泉式部集全釈』には「網引く」ことに対して、特に注釈は加えられていない[19]。また②につ

いて『赤染衛門集全釈』は「地引網を引かせて御覧にいれましょう」と訳出しているが、誰が言ったのかについては、不問に付している。[20] これは、旅の和泉式部や赤染衛門の一行を迎えてその前で、本来の漁労とは別に、土地の官吏や豪族たちが、漁師たちに命じて座興として演じさせたと見るべきであろう。

先に触れた『紫式部集』歌「みおのうみ」を考える上で、何が参考になるかというと、①②の事例は、網を引くさまを、和泉式部や赤染衛門たちがたまたま見聞したわけではないだろうことである。つまり、「網引かせて」とは、旅の貴族たちに地元の人々が饗応《きょうおう》のために演じてみせたものである。つまり、『紫式部集』の歌「みおの海」は①②と同様、これらは饗宴の場において披露された言語遊戯的な歌であると考えられる。

もうひとつ見ておこう。

　　　つのくにといふ所よりをこせたりける

　　難波がたむれたる鳥のもろともにたちゐる物と思はましかば　（陽明文庫本、一七番歌）

簡単に現代語訳すれば、

摂津国という所から友人が送ってきた歌
難波潟に群れている鳥のように、あなたと一緒に暮らせると思えたらよいのに、実際にはできないことが残念です。

ということになる。この歌は詞書に「をこせたりける」とあるから、「紫式部」の歌でなく、他人の歌であることになる。これについて、次のような見解がある。例えば清水好子氏は「水鳥が干潟《ひがた》に群れる光景は早速目にした」とされ、[21] また南波浩氏は「西の海へ旅立って行く友が「途中、難波の浦の辺りで、鳥どもが仲よく群れ遊んでいるさまを見て」[22] と解釈されている。「目にした」とされ「さまを見て」ということは、現代語訳の上で見過ごされてよいほどのことであるのかもしれないが、必ずしも、実景を見て直接に詠歌に及んだことをのみわざわざ強調して訳出する必要はない。訳出するときにも、あるいは詠歌の状況を説明するときにも、実景を見たことを事実と認めるとしても、見たということが詠歌の根本的な契機なのではない。「津の国」という地名から「難波潟」「群れたる鳥」という語が喚び起こされ、そのような序詞的な上句から望郷の思いの心情が導かれてくることになる。「難波潟」「群れたる鳥」は、やはり「即境的景物」と捉えることができる。歌の主旨は、あくまで下句にある。あなたと一緒にいると思いたいという気持ち、それをどのように表現するかは、歌の上句の修辞にかかっている。これもまた、望郷の思いを歌う羇旅歌なのである。

『古今和歌集』における羇旅歌の主題は、主題から見ると、「望郷の思い」や「旅の不安」を歌うことである。そのことからすると、『紫式部集』における旅中詠は、次のようにその特徴を示すことができるだろう。

	（初句）	（主題）	（形式）
二〇番歌	みおの海の	望郷の思い	離別歌の形式
二一番歌	いそがくれ	望郷の思い	離別歌の形式
二二番歌	かきくもり	旅の不安	離別歌の形式
二三番歌	しりぬらん	言葉遊び	
二四番歌	おいつしま	言葉遊び	
二五・六番歌	ここにかく・をしほ山	望郷の思い	離別歌の形式（贈答）
二七番歌	ふる里に	望郷の思い	離別歌の形式
七一番歌	ましもなほ	望郷の思い	離別歌の形式
七二番歌	名にたかき	言葉遊び	
七三番歌	心あてに	言葉遊び	

旅の歌の特質

そもそも古代貴族の女性たちは、平安京の邸宅の中に閉じ籠められていた。もし彼女たちに、都を離れる機会があるとすれば、父親や夫が国司、いわゆる地方官として赴任するのに伴われて下向するときか、寺社に参詣のため旅をしたときである。興味深いことは、『赤染衛門集』に、赤染衛門は石山寺や長谷寺への物詣の度に詠じた歌を残していることである。ところが、『紫式部集』には、越前への往復を除いて、他に旅の歌はほとんど見られない。紫式部も物詣には出かけたであろうが、その折の歌は捨てられている。ここに残された歌群こそ、紫式部自身が選び出し意味を与えたものだというべきであろう。

いったい私家集においても、作品 **text**（もしくは本文 **text**）というものは、ひとまずはそれぞれの表現に即して（編集の意図に従って）読むことが求められる。確かに伝記資料の少ない女性歌人を調べるのに、私家集が注目されることもいたしかたないのだが、詞書はそのまま事実ではありえない。

そのように考えたとき、歴史的な事実として、旅の経路が如何であろうとも、そのことをいくら詮索《せんさく》するとしても、そもそも（文学研究としては）それじたいに意味があるわけではない。注目すべきは、『紫式部集』の旅中詠の詞書には、羇旅歌の形式に基づく歌だけでなく、言葉遊びとして地名に対する関心の強い、『古今和歌集』巻第一九「雑体」の部立の中に見える、誹諧《はいかい》的な歌が多く見られることである。

ここで、いわゆる俳諧という文字でなく、誹諧という文字を使ったことには意味がある。この「誹諧歌」という概念は、『古今和歌集』に即していうと、正格に対して破格の意の歌で、諧謔や俗語など言語遊戯的な歌をいう。それで、紫式部の旅中の歌は詞書に対して付属的であるとさえいえる位置にあるのだが、それらの歌の中の地名は、事実の記録としてではなく、修辞の表現の問題に関係していると考えるべきである。

4　結婚期の歌群

求婚の歌掛き

全体的にほの暗い印象のある『紫式部集』の中で、ひときわ明るい歌群がある。それらを見る前に、私の個人的な感覚なのかもしれないが、冒頭歌群に引き続いて置かれている次の二首は、陰鬱さよりはむしろ若々しさ、大切にされている思い出のように見える。

（4）方《かた》たがへにわたりたる人の、なまおぼおぼしきことありて帰りにけるつとめて、あさがほの花をやるとて

おぼつかなそれかあらぬかあけぐれの空おぼれするあさがほの花

（5）返し、手を見わかぬにやありけむ
いづれぞと色わくほどにあさがほのあるかなきかになるぞわびしき

ひとまず現代語訳を試みると、次のようである。

方違《かたたが》えに私宅を訪れていた人が、夜中に不審な振舞をすることがあって、そのまま帰ってしまった翌朝早く、朝顔の花を届けようとして、

不可解です。夕べのあの方ですか、そうではない方ですか。夜明け前の暗闇の中ではっきりしなかったように、とぼけているあなたの朝の顔は。

その返事に、私の筆跡が見分けられなかったのか、どなたからいただいた手紙かと判断しかねている間に、朝顔のしおれてしまったことが残念でした。

方違えとは、陰陽道でいう習俗的信仰であるが、天一神《なかがみ》が周期的に移動することによって、その神のいる方角の災厄《さいやく》を避けるために居を移したり、方向を変えて行動する慣習をいう。忌む方を避けて他所に赴くことは『源氏物語』帚木《ははきぎ》巻で光源氏が紀伊守邸に出かけた事例に見え

る。そこに、男女の出会いや政治的駆け引きの機会が用意されている。

研究史上での論点は、相手の男が、後の夫宣孝かどうか、また、相手の男の行動の意味をどう考えるか、である。この二首は、通説では若かりし紫式部の初恋の経験であり、相手の男性は後に夫となった宣孝であるというふうに理解されてきた。清水好子氏は、この贈答に勝気な少女時代を見てとる。[1] しかしながら最近では、相手が宣孝ではないという批判的な見解が相次いで示されてきた。[2]

問題は、従来の説だけでなくそのような批判的な見解に至るまで、議論が紫式部の実際上初めて経験した相手が宣孝かどうか、という点になおこだわり続けているように感じられることである。確かに宣孝以外に男性を通わせたことがなかったとまで、紫式部の純潔さをことさらに強調する必要もないと思うが、私の関心は『紫式部集』という作品の中で、この四番・五番歌をここに配置した意味である。家集において若き日の自らをどのように描こうとしたかを考える必要があると思う。

詞書に「あさがほの花をやるとて」とあるから、昨夜関係があったのなら男の方から手紙が来るであろうが、この場合は女の方から歌を送っている。普通男の方から女の「朝顔」を問題にするので、この場合、男の朝顔を咎《とが》めることになる。あなたではないのか、あなたなんでしょ、というふうに咎める形である。そのような手紙を送ったというのは、女の側から相手が誰かを知っていたことになる。

また返歌の詞書に「手を見わかぬにやありけむ」とあるけれども、確かに歌はこちらに届けられているわけだから、全く誰から来たのか分からないのではなく、姉妹のいずれかが分からないというふうに理解できる。私は、「それかあらぬか」という表現から見ると、早く亡くなった姉と、妹の紫式部とのふたりに対して消息があったと記されている、とみる。これは、例えば、『伊勢物語』初冠段において、昔男が「女はらから」に歌を遣《や》る場面を想起することができる。姉妹のいずれかというふうに、相手を個人して特定しない求婚というものも考え合わせてみてはどうだろうか。また、『源氏物語』の宇治大君と中君とに対して、匂宮から贈られてきた消息をどちらが返すかを悩む場面を想起することができる(3)。

つまり、四番歌・五番歌は、男からひとり私にだけ宛てた消息だと読むべきではない。消息の公開性、つまり特定の個人に宛《あ》てたものというよりも、出会いの初期段階において姉妹の二人に宛てた緩やかなものとみてよいのではないか。問題はこの当時の男と女との間の手紙が常に、一対一の形の通信だけではないということである。そのことは、物語において、しばしば描かれるように、姫君に贈られてくる手紙は、女房、乳母、母親などの目にさらされることからも推測される。

もうひとつ残る問題は、このような歌がこの位置におかれた意味である。歌「おぼつかな」

と歌「いづれぞと」とは、瀬踏《せぶ》みや駆け引きにまだ深刻さや真剣さのない贈答である。これは論証せよと言われても、なかなか難しい問題だが、四・五番歌は、成人式における妻問いの歌掛きのようにも見える。そのような儀礼を歴然と想定できるというわけではないが、年ごろの男性が年ごろの女性に妻問いの歌を詠み掛け、女性はこれに儀礼的に応答するという、習俗とでもいうべきものを予想できるのではないだろうか。

とすれば、三番歌が寡居期のものであるとすると、両者は対照的に配置されていると考えることができる。『紫式部集』の全体的な印象は、極彩色《ごくさいしき》の王朝絵巻のような明るさよりも、鈍色《にびいろ》に染められた暗湛《あんたん》たる陰翳《いんえい》を帯びているものであるが、その中にもこの歌群はひときわ明るい印象がある。それが、宣孝と思しき男との贈答歌群である。この歌群には、他の箇所には認められない男女の心の動きが鮮やかに見てとれる。

(28)　としかへりてから人見にゆかむといひたりける人の、春はとくるものといかでしらせたてまつらん、といひたるに

春なれどしらねのみゆきいやつもりとくべきほどのいつとなきかな

この「から人見にゆかむ」の表現から、諸注は、長徳元（九九五）年九月に宋人が若狭国に漂

着したことを踏まえるとする。そこから、この歌が詠まれたのは、今の福井県の武生《たけふ》に冬を越して春、長徳三（九九七）年、一説四年のこととされる(4)。

仮に宋人の漂着が歴史的事実であるとしても、この言葉は、宣孝が紫式部に本気で唐人の見物に行こうと誘ったというよりも、誘いのきっかけとして用いた言葉と見るべきであろうと、私は考える。現代語に訳せば、

年が変わり、「唐人を見物に行こう」と誘い続けていた人が、「春はすぐに来るものと御知らせ申し上げたい」と言ったときに、春ですけれども、白山の深雪はますます積もり、解ける時期がいつかということはありません。いつ解けるかはわかりません。

ということになろうが、「春はとくくるもの」とあるから、男からの消息には当然、和歌があったと推測できる。春がすぐに「疾く」来ると、氷が解ける「解く」と、機嫌を直すことを懸けている。これに対して、「とくべきほどのいつとなきかな」とは、男の側からの誘いの言葉に対して、女性の歌は、挨拶としての儀礼性から表現として拒否の形式をとる。字義どおりに紫式部が心を閉ざしているとだけとる必要はない。

さらに続くこの歌群は、晩年の編纂時の心情からすると、いとおしくかけがえのない思い出の記憶であるとみることができる。

(31)　文のうへに朱といふ物をつぶつぶとそそきて涙の色をとかきたる人の返り事
　くれなゐの涙ぞいとどうとまるるうつる心の色にみゆれば
　　もとより人のむすめをえたる人なりけり
(32)　ふみちらしけりときてありし文どもとりあつめておこせずは返りごとかかじと、ことばにぞのみいひやりたれば、みなおこすとて、いみじくえんじたりければ、正月十日ばかりのことなりけり
　とぢたりしうへのうすらひとけながらさはたえねとや山の下水
(33)　すかされて、いとくらうなりたるにおこせたる
　こちかぜにとくるばかりをそこみゆるいしまの水はたえばたえなん
(34)　いまはものもきこえじとはらだちければ、わらひて返し
　いひたえばさこそはたえめなにかそのみはらの池をつつみしもせん
(35)　夜中ばかりに又
　たけからぬひとかずなみはわきかへりみはらの池にたてどかひなし

この一連の歌群について現代語訳を試みると、次のようである。これらには引歌や故事、歌枕などが複雑に絡み合っているが、今煩雑な表現の問題を省いて、詞書と歌との受け答えの流れだけを現代語訳で眺めてみよう。

(31) 手紙の上に朱というものを粒々とそそいで、「(私の) 涙の色を (御覧下さい)」と書いた人の返事に

紅の涙こそ疎《うと》ましく思われます。移りやすい心の色に見えるので。すでに人の娘を妻として得た (結構な年配の) 人なのでした。

(32) 私の送った手紙を (宣孝が) あちこちに散らして (人に見せて) いると聞いて、(私が)「手紙を取り集めて寄こさなければ、これから返事は書きません」と、(怒って消息も書かず、歌も返さずに) 言葉だけで伝えたところ、「(悪かった、) 皆寄こす」と言ってひどく怨んだので、折しも正月十日ばかりのことでした。

(季節はもう春となり) 凍っていた氷の薄い表面は溶け始めていますのに、このまま山の下水 (のような二人の関係) は絶えてしまえとおっしゃるのですか。

(33) 肩透かしをくわされて、ずいぶん暗くなったころに返事を寄こしてきた。

東風に私の気持ちは解けるばかりですが、底の見えるような浅い気持ちなど、絶えるのなら絶えてしまっても構わない。

（34）（宣孝が）「今は何も申しません」と怒ったので、私は笑って返歌をした。

絶交するのでしたらどうぞ関係が絶えても構いません。あなたの御気持ちなど遠慮いたしません。

（35）夜中ばかりにまた（宣孝から）、

弱々しい人数にも入らない私の波が、湧き返りお腹の中で怒ってもかいがありません。

このように歌を並べて詞書だけを拾って読むと、結局のところ、歌の内容はどうでもよくて、二人が一喜一憂というか、当意即妙というか、怒ったり仲良くしたりしているという、懐かしい日々の光景だけが印象に残る。

紫式部の生きたこの時代は、結婚といっても現代のような同居婚ではなく、いわゆる通い婚が一般的で、家財産は妻の側にあり、夫は夜になると妻の家に通ってくる。それで、三一番歌から三五番歌は、夫から妻へ、妻から夫へ、というふうに贈答が繰り返されているが、この場合、二人は同じ場所にはいないので、消息のやりとりの形になっている。

まず、三一番歌に見える「紅《くれなゐ》の涙」というのは、いわゆる「血の涙」のことであり、泣きはらした果てに出る涙の義であって、恋い焦がれる究極のさまを示すものである。ただ、宣孝が本気で恋焦がれているのかというと、そうではない。相手の驚く表情を思い浮かべながら、手の込んだこんな趣向を凝らすところに、宣孝の余裕たっぷりの人柄が見てとれる。宣孝の人となりについては、すでに今井源衛氏や南波浩氏などの指摘しているところであるが、(5)宣孝の逸話は、清少納言の『枕草子』一一五段や、藤原実資《さねすけ》の日記『小右記』永観二(九八四)年一一月二七日条に載る記事にうかがえる。『枕草子』では、宣孝が吉野金峰山《きんぷせん》に参詣する、いわゆる御嶽詣《みたけもうで》に際して、普通は白装束と決まっているのだが、宣孝は「清浄な衣服で参詣することが重要である」と言挙《ことあ》げして、息隆男とともに派出ないでたちで参詣した。人々はその破天荒ぶりを非難したが、神罰もなかったばかりか、筑前守に任ぜられるという幸運を得たという。

一方、『小右記』では、宣孝は賀茂臨時祭の禊に馬を引き出す係であったが、(おそらく)祭の華やかさに見とれているうちに、祭は終ってしまう。天皇は不機嫌《ふきげん》であったが、咎められることはなかったという。これらの逸話 episode は、宣孝の人柄を伝えるものとして有名である。いずれもどこまでが本当のことかは分からないが、いやむしろ話の面白さのゆえに、細かいことにこだわらない、豪放磊落《らいらく》な愛すべき人柄はよく伝わっているといえる。

しかも、三一番歌の左注としての一文「もとより人のむすめをえたる人なりけり」は、すでに他にも妻のある身でありながらの義であるが、「これが、子どものいる、いい歳をした男の人のすることですかね」というふうに、交ぜ返した言葉と見てよい。嫉妬や非難よりも消息の趣向を好ましく受け入れている印象がある。これ以上親密な関係はないであろう。

三二番歌で、宣孝が紫式部の手紙を他の人に見せていると人伝《ひとづ》てに聞いて、紫式部の方から消息ではなく、使いの者に言葉だけを伝えさせたところに、彼女の怒りや不満を籠める。ただ、これとても古代中国の儀礼書である『礼記《らいき》』月令《がつりょう》第六「孟春」二月の「東風解凍　蟄虫始振」云々という表現を念頭に置く表現である(6)とされる。とすれば、歌に氷の解ける義を託して、私たちは氷のように解けていない、本当に怒ったり恨んでいるというふうに表現したのだと理解してよいであろう。

また二九番歌から三三番歌までの贈答は、御互いの家と家との間で離れて交わされている感があるが、三四番歌の場面は、どこか宣孝と紫式部とが直接対面しているような印象がある。さらに、三五番歌では、普通では消息を交わさない夜更《ふ》けた時刻なのに、歌を送ってきたことから、宣孝のあせったようすがうかがえる。自分を人数にも入らないと卑下して、紫式部の機嫌をとろうと下手《したて》に出ていることを意味する。

考えてみると、女が男に対してみずからの態度を示す方法としては、例えば、

（1）無視する。
（2）（手紙には書かず）人に言葉を託して、拒否の意思を伝える。
（3）拒否の形をとるが歌や消息を書く。
（4）丁寧に応える。

などというふうに幾つかの段階がある。この場合は、（2）の段階を示すものである。女はわざと怒っているふりをした。すると、男が機嫌《きげん》を損《そこ》ねたことが分かったので、今度は女の方から折れて出る。詳細は略すが、「解けながら」とか「山の下水」などは、女の側からはめったに見られないほどの積極性を示す表現である。

従来から諸説はあるが、この三二番歌から三五番歌まで一連の贈答は、宣孝との結婚期のものとされているところである。そして、これらは当事者しか知りえない心の機微に触れる贈答であるから、この家集が自撰歌集であることのひとつの根拠になっている。(7) これらの歌が結婚期のものだというよりも、これらの歌が結婚期の二人の間柄を表象しているといえる。面白いことは、極論すれば、これらの歌はあってもなくてもいいのであって、詞書だけで二人の関係の展開はたどれる。問題は、いとおしくかけがえのない思い出が、そのころはいつもそのようであったというような、幸福な日々の記憶である。家集はそのように歌群を配置している。

5　寡居期の歌群

もし歌「めぐり逢ひて」の他に、紫式部の代表歌としてどんなものが挙げられるのかというと、私は次の二首を挙げたい。『紫式部集』の中程に、次のような有名な和歌がある。陽明文庫本によると、

身をおもはずなり、なげくことの、やう〱なのめに、ひたぶるのさまなるをおもひける

かずならぬ《て》心に身をばまかせねどみにしたがふは心《涙》なりけり　（五五番歌）

心だにいかなる身にかかなふらむおもひしれども思ひしられず　（五六番歌）

陽明文庫本の詞書は、文のつながりとしていささか、こなれていないような印象を受けるが、およその現代語訳は次のようである。

わが身を思うようにできないと嘆くことが、段々強くなり思いつめた状態であることを考えた歌。

わが身はものの数《かず》に入らず、（一方では）心に身をばまかせることはついにできないが、結局身にしたがうものは心なのであった（もしくは、涙なのであった）。心でさえどのような身にかなうようであろうか。理解しているように考えていても、本当は理解できていないのだ。

というものである。この二首がなぜ重要かというと、私にまとめれば次のようになる。

① 定家本系と古本系とに共有されている前半の歌群から、異同の多い後半の歌群に移る境目に位置する。これは寡居期から出仕期にあたり、彼女の人生にとって大きな転換期であること。後代のことであるが、版本は五六番歌「心だに」をもって上巻とし、以下を下巻として分割している。

②　同時に、この二首の表現のもつ抽象度の高さである。言い換えれば、歌に示されている苦悩の抽象性である。[1] 以前からこの二首は、紫式部の内面を垣間見せるものとして重ねて指摘されてきたものである。私は、この二首は『源氏物語』宇治十帖の原理的な問題に触れると考える。

③　さらに、「数ならぬ身」という表現は、『源氏物語』では、しばしば慣用句的にも用いられるが、初句の「数ならぬ心」は、紫式部以前にも用例はあるものの、紫式部によって改めて重い意味を与えられた、独自の表現であると考えられるからである。[2]

②について簡単に整理しておくと、例えば、今井源衛氏は、紫式部の伝記研究の立場から、この二首について、直前の歌「わか竹の」に触れつつ、

　無常感に裏打ちされた厭世《えんせい》的基調の中にも、なお自分自身の幸福やその分身であるわが子への愛が棄て切れない心境を訴えているのであるが、反面そうした不幸にも取り乱さず、冷静を失わないで、自身の姿を客観視している点が注目される。

として、「人間そのもの」を「身」と「心」という「二元的存在」と捉え「両者の相関関係の

中に自分の具体的な姿」を見ることに注目している。(3)私は、今井氏の二元論の当否よりも、初句「数ならぬ心」という表現そのものの特異性を問う必要があると思う。

そのことから言えば、清水好子氏は、藤原俊成が『千載和歌集』に掲載するにあたって、「数ならで」と改めたことは、『身』と『心』の乖離の自覚という、式部の本質に触れるようなこの歌の趣意を曖昧《あいまい》にした罪は消えない」と断じられた。(4)すなわち、「数ならぬ心」という表現は他に置き換えることができないものであることを説かれた。そのことに賛意を表したい。

さらに秋山虔氏は、『数ならぬ…』の語が、「身」と対立するものとして措定《そてい》されている「心」に付されているのがいささか奇異の印象」があるとして、少数ではあるが、「数ならぬ心」という表現の例として、

数ならぬ心のうちにいとどしく空さへゆるすころのわびしさ　(『信明集』二〇一三九番)

数ならぬ心をちぢに砕きつつ人をしのばぬ時しなければ　(『曽丹集』二二四六五番)

などを挙げられて、これらの「数ならぬ心」が「相手から顧《かえり》みられぬ懸想心をいう謙辞」であるから、「対置される「身」と「心」との関係をまじまじと見すえ、追求するごとき紫式部の歌とは異質である」(5)と説かれた。さらに、

題しらず　　　　　　　　　　　　　　西行法師

はるかなる岩のはざまに独りゐて人目おもはで物思はばや

数ならぬ心のとがになしはてじ知らせてこそは身をも恨みめ

（『新古今和歌集』恋二、一〇九九・一一〇〇番）

を引いて、清水氏の『紫式部』の御説を踏まえつつ、この「数ならぬ心」が「ほとんど無きにひとしい、いわば存在根拠の奪われたそれとして逼迫《ひっぱく》する微小なわが心」をいうものだと解釈される。[6] 確かに『信明集』の事例は、恋の果てしない贈答の中の一首であるし、『曽丹集』も題は記されていないが、恋歌と思しい。いずれにしても、恋の中の自己謙遜する文脈の中の表現である。

他方、山本淳子氏は、この二首の「表現の基盤」について「直接要因は白居易の詩でなかったか」と論じた。すなわち、「夏日独直寄蕭侍御」や「風雪中作」の他、特に「心問身」と「身報心」の連作を挙げ、「白居易の心を念頭において、それとの対比」で捉える必要を説いている。[7] 紫式部の和歌が、漢詩の表現を踏まえるところにその特質があることを見出そうとされたことにおいて、きわめて重要な指摘といえよう。

さて、そのようにさまざまに論じられてきた「数ならぬ心」という表現について、早くに、南波浩氏は、宮仕えとの関係において捉えようとしている。「一受領の未亡人たる式部は『数ならぬ身』であったであろう。（略）家集でそれを『数ならぬ身』と言わないで『数ならぬ心』としている点は、宮廷高貴の方から見れば、取るに足らぬ『心』にすぎないものであろうが、その心こそは私自身のものである」という意識が根底にあることをいう。(8) 私は、南波氏が、『伊勢集』（一八一二〇番）や『後撰和歌集』（恋歌五、九三八番）に入集している歌、

親の護《まも》りける女を「いなせ」ともいひ放ても申しければ、　　伊勢
いなせとも云ひ放たれず憂きものは身を心ともせぬ世なりけり

という事例を紹介するとともに、また、『源氏物語』における、

いはけなくより、宮の内より生ひ出でて、身を心にもまかせず、（梅枝巻）
心にまかせて、身をもてなしにくかるべき（若菜上巻）
身を心にまかせぬ歎《なげ》きをさへうち添へ給ひける（御法巻）

宿世といふなる方につけて、身を心ともせぬ世なれば　（総角巻）
身を心ともせぬ有様なりかし　（宿木巻）
心に身をもさらにえまかせず　（浮舟巻）
身のおきても、心にかなひがたく　（夢浮橋巻）

等に「類句」を見い出すことによって、「登場人物の心象の形象にしば〱顔を出す作者自身の内面心理の見のがしがたい反映と見られる」と指摘されたことを重視したい(9)。

ここで、私が最初に押えておきたい問題は、五五番歌が「数ならぬ心」に「身」、すなわち「身の程」という、境遇をも含むところのわが身を委《ゆだ》ねるということはできないが、結局、わが身―身の程たる宿世に従わざるをえないのは、「数ならぬ心」なのであったということである。ここに示された認識は、運命的なものに対する苦悩のかたちである。上句は、おほけなき心の向くところにわが身を委ねることはできないとしつつ、下句は、抗《あらが》いながらなお、宿世に心は屈服し、従わざるをえないというところに、ますますわが心は「数ならぬ心」と鬱屈《うっくつ》せざるをえなくなるのだというふうに読める。

ところで、五五番歌・五六番歌は、紫式部の寡居期から出仕期のころに詠じられたものであると見られるから、そのような詠歌時期を考えあわせると、「数ならぬ心」とは、突然の夫宣孝の死の悲しみ、さらに幼な子を抱えて、考えもしなかった出仕を余儀なくされるという人生の大きな転機に出逢って、そのようなわが身の運命に思いをいたし、拙きわが身の程を思い知らされることにおいて、初めて超越的な仏という存在に救いを求めたことがうかがえる表現なのではなかろうか。何ほどでもない心、というのは、出仕に際して直面した俗世の秩序としての身分の問題であるよりも、煩悩にとらわれ、自らの力では解決することのできない、無力な自己を表しているのではなかろうか。やがて仏に救いを求める「心」のありかたである。いいかえれば、「心」という語は、仏を志向する信仰のありかたを意味することに連なるのではないか。

さらに、私が面白いと思うことは、②の問題で、この「身」と「心」との緊張関係が、『源氏物語』と共有されていることである。たとえば、薫からの言葉を、弁御許《べんのおもと》が介して伝え聞いた大君の嘆く条、

答《いら》へもしたまはず、うち嘆きて、いかにもてなすべき身にかは、一ところおはせましかば、ともかくもさるべき人にあつかはれたてまつりて、宿世といふなる方につけて、身を心ともせぬ世なれば、みな例のことにてこそは、人笑へなる咎《とが》をも隠すなれ、あるかぎりの人は年つもり、さかしげにおのがじしは思ひつつ、心をやりて似つかはしげなることを

聞こえ知らすれど、　（総角、五巻二四六頁）

大君は思う。「宿世と言ふなる方」につけて「身を心ともせぬ世」である。すなわち、わが身の程は、心のままには如何ともしがたい、という嘆きである。身は精神と肉体という二元論における身体の義ではない。身とは身の程のことであり、現代語でいえば、境遇という意味に近い。興味深いことは、そのような大君の苦悩は、晩年の紫上の「身を心にまかせぬ嘆き」と同じ（延長線上にある）ものであった。都の世界も知らないのに、結婚もすることもなかったのに、大君は物語によって得られたひとつの結論―命題をここに継承している。

大君は確かに、薫との結婚によってやがてうち捨てられるであろうことを予想し、それならば結婚はしたくないと思いながら、なおその意志をなかなか貫くことがむずかしい、という思いを反芻《はんすう》している。大君は心のままに生きたいとしながら、宿世に規定された身―身の程を心のままにすることができない、しかも、宿世は目に見えないがゆえに、それがどのようなものであるのかはしかと摑《つか》むことができないという。私は、宇治十帖における登場人物たちを苦しめてやまない「身」と「心」の問題こそ、『紫式部集』のこの二首と響き合っていると考える。ただ、そのことをもって直ちに『源氏物語』の成立を云々したりする拙速《せっそく》を自戒しておこう。(10)

このような大君の嘆きは、浮舟の物語にも認められる。匂宮が中君に話す条、

「げに、あが君や、幼なの御もの言ひやな。（略）むげに世のことわりを知りたまはぬこそ、らうたきものからわりなけれ。よし、わが身になしても思ひめぐらしたまへ。身を心ともせぬありさまなりかし。もし思ふやうなる世もあらば、人にまさりける心ざしのほども、知らせたてまつるべき一ふしなんある。たはやすく言出づべきことにもあらねば、命のみこそ」など、のたまふほどに、（宿木、五巻四〇九～一〇頁）

とある。このとき、浮舟は、「心」のままにならないわが「身」を嘆くような大君の苦悩に対して、「心」を排除した存在としての設定がなされている。そして、そのような「身」を捨てようとするところに浮舟の造型がある。浮舟には大君における「身と心との相克」はみられない。

なほ、わが身を失ひてばや。（浮舟巻）

まろは、いかで死なばや。世づかず、心憂《う》かりける身かな。（浮舟巻）

嘆きわび身をば捨つとも亡き影に憂き名流さむことをこそ思へ（浮舟巻）

あさましう、心と身を、亡くなし給へるやうなれば、（蜻蛉巻）

憂き物と思ひも知らず過ぐす身を物思ふ人と人は知りけり　　　（手習巻）

『紫式部集』のこの二首と、もし『源氏物語』宇治十帖とを対応させることができるとすれば、次のように考えることができる。

「心」をもって「身」―身の程にあらがった大君に対して、浮舟はまず「身」を捨てようとしたところから始まりながら、なお「身」を捨てきることはできない。原理的なこととしていえば、「身」と「心」との問題は、大君と浮舟とでは逆転している。浮舟の持たされた「心」は、やがて出家へと連なるものであった。かくて、宇治十帖における大君から浮舟へ―すなわち宇治十帖の表現を支える思考の枠組みとして、「身」と「心」の関係が働いている。

すなわち、『源氏物語』においては、『紫式部集』第五五番歌に托されたのと同じ苦悩が、登場人物の内面を覆《おお》っていたといえる。それはさらに大君と浮舟という人物造型の原理に対応している。宇治十帖の前半から後半へ、そのような転換にこそ、『源氏物語』の「作者」「紫式部」の存在を確かな手ごたえをもって認めることができる。言い換えれば、光源氏物語から、宇治十帖へ向かうところに、『紫式部集』五五・五六番歌にうかがえる内面的な葛藤が、物語の表現を支える原理として横たわっていると見ることができる。

私が重要だと考えることは、『源氏物語』の主題を担う、そのような「身」と「心」との葛藤を、『紫式部集』は寡居期から宮仕期への転換点として配置していることである。

『源氏物語』だけでなく、平安時代の和歌には「数ならぬ身」という表現が、頻出する。これに対して、『紫式部集』における「数ならぬ心」は特異である。ここでは、それが紫式部固有の表現である可能性について論じたのだが、そのことはそれとして、しかし一片の危惧もある。それは、陽明文庫本の見セケチ「身にしたがふは涙なりけり」の取り扱いである。これは身と心との対をなす表現からいうと、清水氏も触れているように『心』と『身』の鋭い対立がうやむやになってしまう」という印象を与えるのだが、逆に、「身にしたがふは涙なりけり」が古形であり、「身にしたがふは心なりけり」というふうに、あえて対になしたものが新しい形であるのかもしれない。さらに想像を加えれば、写本の現在形「心なりけり」が（『源氏物語』を読んだ）藤原定家による改訂である可能性も否定できない。いずれにしても、陽明文庫本の写本の現存形態のうちに、最終形（現在形）の表現に対して、古写本の記憶を見てとることができるかも知れない、ということだけを申し添えておきたい。

6　出仕期の歌群

女房としての役割

この歌群では、一条天皇の后で藤原道長の娘、彰子中宮付の教育係として女房になった紫式部が求められた役割を演じるということが顕著に認められる[1]。

この時期は、『紫式部集』と『紫式部日記』との間に共有される記事がある。ところが、かねてより両者は、しばしば分析に際して相互補完的に扱われたり、どちらかといえば『紫式部日記』が事実を伝えるものとされ、『紫式部集』の解釈が『紫式部日記』によって参看されるという関係にあったことは疑いようがない。しかしながら『紫式部日記』にしても、『紫式部集』にしても、それぞれは異なった編集の意図において生成していると考えられるから、両者を同一平面上に置き、融通《ゆうずう》させて解釈することは、それぞれの完結性と独自性を無視することになる。

特に女房として出仕した複雑な人間関係と、賀宴をはじめとして儀礼、儀式のありかたとに、歌の解釈は関係してくる。何よりも歌は特定の場において表現されている、ということができる。このような場を離れてひとり自己の感情や思考を表明する歌と、宮廷などのより儀礼的な場を担う歌とは区別される必要がある。儀礼、儀式に伴う歌に技巧は不可欠である。かくて宮仕期の歌は、技巧によって彫琢された歌と、技巧のあまり必要のない、自己の内面に向う歌とに区別される。

例えば、『紫式部日記』は次のような記事を伝える。

渡殿《わたどの》の戸ぐちの局《つぼね》に見いだせば、ほのうち霧りたる朝の露もまだ落ちぬに、殿ありかせ給ひて、御随身《みずゐじん》召して遣水《やりみづ》はらはせ給ふ。橋の南なる女郎花《をみなへし》のいみじうさかりなるを、一枝折らせ給ひて、几帳《きちやう》の上よりさしのぞかせ給へり。御さまのいとはづかしげなるに、わが朝顔のほの思ひしらるれば、「これおそくてはわろからむ」とのたまはするにことつけて、硯《すずり》のもとによりぬ。

女郎花さかりの色を見るからに露のわきける身こそ知らるれ

「あな疾《と》」と、ほほえみて、硯召しいづ。

白露はわきてもおかじ女郎花心からにや色のそむらむ(2)

『紫式部日記』は、道長の娘彰子が一条天皇の皇子を出産する前後の土御門殿《つちみかどどの》のようすを記す。一方、この日記には私的な感懐や苦悩も織り込まれてはいるが、彰子中宮の皇子出産の前後の経過を記すことによって、皇子誕生による殿の繁栄を祝うことがこの日記の大きな主題である。私は皇子出産に向けて、その段階に応じて変化して行く女房の配置を記すことがこの日記の主題だと考えている(3)。それを女房として記すこの場面は、中宮御産を間近に控えた、ある朝の出来事である。

この場面を追いかけてみると、「私」は外の庭を見ている。その視線の中に「殿」が殿の内を歩いている。殿は「御随身召して遣水《やりみづ》はらはせ給ふ」。さらに「橋の南なる女郎花のいみじうさかりなるを、一枝折らせ給」う行動を見る。花を折って殿に渡した者が「遣水はらはせ給ふ」「御随身」なのか、他の女房なのかは明らかでない。文脈からいえば、あるいは「御随身」が折った枝を、ある女房を介して「私」に渡すということであるのかもしれない。

ここで注意したいことは、殿が「私」に一枝の女郎花を渡すとき、『紫式部日記』は中間に介在する人たちのいることを感じさせる、という点である。あるいは、介在する人を予想させせる表現をとっていることである。

　その一枝の女郎花を、「殿」は「几帳の上よりさしのぞかせ給へ」る。「殿」は女房のいる場所に侵入することの許されている者である。殿の視線を浴び、反転してみずからのようすを恥ずかしく感じる。そして、そのような羞恥《しゅうち》を喚起するほどの相手を讃美することになる。夜を明かし身づくろいもしていない自己の「わが朝顔のほの思ひしらるれば」と、女に対して侵入してくる男への不快感をさえ見てとることができるのかもしれない。男の遠慮のない視線にさらされるところに、女房の立場は示されている。しかも突然の訪問の相手は「殿」である。

　このとき、「私」は殿によって緊張を強《し》いられている。即座に歌を詠むことが求められている。求められている歌の内容は、殿と女房との関係でしかありえない。端的に言えば、「殿」を讃えるか、直接の主《あるじ》である中宮を讃えるかのいずれか、である。花に寄せて、であるから女性のことを対象とする他はない。中宮のことを讃美することになる。庭の花は主人としての中宮その人である。

　いずれにしても、「殿」の繁栄を讃えることになるには違いない。「橋の南なる女郎花」を歌では「さかりの色」であるとして、中宮を讃える言葉として据え直している。庭に置く景物の「露」を、女郎花の色をあざやかに染める力をもつものと捉え、盛りの色をもたらす力すなわち運命的な力の働きを「露」という語に求めている。みずからの宿世のつたなさをいい、へり下ることにおいて「殿」を讃え、中宮を讃えた。「あな疾」という言葉から推測されるように、「殿」の関心は相手たる「私」に課した難題が如何に解かれるか、に向けられている。男女間の心情の問題ではない。知られているように、系図の書である『尊卑《そんぴ》分脈』には、紫式部に「道長妾」とある。[4]『尊卑分脈』の系図や書き込まれた記事、尻付《しつけ》がすべて歴史的に正しいかというと、伝承も含まれているので扱いには注意を要する。何よりも、古代宮廷社会にあっては、（仮に肉体的な関係があったとしても、）大臣の道長と一介の女房である紫式部との間に、対等な男女関係などはありえない。

　これに対して、「殿」の歌は、女郎花の盛りが「露」の置き方にあるのではなく、「心から」にあるのだ、という。中宮の、ひいては道長自身の繁栄が、「心から」によってあるのだというようである。繁栄してある現在は、意思を超えた力にのみよるのではない。自己の「心から」によるのだという。「殿」みずからの自信であり、みずからの精神的な衿持《きょうじ》の表明である。『紫式部日記』では、一般に言われるような道長と紫式部との交情をいう以前に、「殿」とひとりの女房との関係が徹底している。「殿」に対して用いられている、いわゆる二重敬語（「殿ありかせ給ひて」など）は、普通言われるように、天皇に対して用いられるということでは解せない。殿と「私」との身分的な隔たりのほどを示しているであろう。『紫式部日記』は、「殿」と「私」の歌は、人々の環視の中での唱和であることが明白である。

そしてまたここで注意したいことは、「硯召しいづ」という言葉である。他に女房もいるはずである。しかも、そのことは記されることがない。「私」も含めて女房に階層がある関係をいうところに『紫式部日記』の特徴がある。階層化されつつ、大勢の女房に囲まれながら、その一員として「私」がある。

同じ出来事を記したとされる記事が、『紫式部集』にある。『紫式部集』には次のようにある(陽明文庫本六九番・実践女子大学本七〇番)。

あさぎりのをかしき程に、おまへの花ども色々にみだれたる中に、をみなへしいとさかりに見ゆ。一枝おこせたまひて、几帳のかみより、これたゞに返すな、とのたまはせたり。

をみなへしさかりの色を見るからに露の分きける身こそしらるれ

と書きつけたるをいとゝく、

しら露は分きてもおかじをみなへし心からにや色のそむらん

およそ現代語訳は次のようになるだろう。

朝霧の趣深いころに、御前の花どもが色々に咲き乱れている中に、女郎花が今を盛りと見える。折しも殿道長が御出になり庭を御覧になる。一枝折って寄こされて、几帳の上から「これで、気の利いた歌を詠め」と言って賜ったのであった。

女郎花盛りのようすを見ると、たちまち運命のわけへだてをした拙きわが身が、自然と思い知られる。

と歌を書き付たところ、殿はすぐに、

白露は分け隔てをして置くことはないだろう。心の持ち方からおのずと色は染まるのであろう。

『紫式部集』における焦点はただ一点、「女郎花」に絞られている。二人の思いは期せずして「女郎花」に向けられてあり、これを媒介として言葉の交流が成り立つ、というのである。『紫式部集の研究　校異篇・伝本研究篇』によれば、定家本系統諸本が「一枝おらせさせ」「一枝おらせ」を採っているのに対して、陽明文庫蔵本は「一枝おこせたまひて」とある。(5) 殿と私との間にやや空間的な隔たりがあって、それから殿が覗いたことになる。ここにも枝を折って、さらに枝を「おこせ」るに至る間に、女房の介在したことは予想される。それにしても、『紫式部日記』に比べて、随身などは記されていない。つまり『紫式部集』では、より「殿」と「私」との対偶性が強い、といわなければならない。

宴席に残された歌

『紫式部日記』の次の記事は、皇子誕生後「五日の夜」の「殿の御産養《おんうぶやしない》」である。十五夜の月が出て、「屯食《とんじき》」が振舞われる。「あやしきしづのをさへづりありくけしきども」「殿司《とのもり》が立ちわたれるけはひ」に目を留めている。「うち群れつつをる上達部の随身などのやうの者どもさへ」「かかる世の中の光のいでおはしましたること」を慶賀する。「まして殿のうちの人は」「時にあひがほなり」である（二二～三頁）という。『紫式部日記』は、さまざまの階層の者の立居振舞を記すことで、「殿の内」のすべてが皇子誕生を祝うことを表そうとしている。皇子が「かかる世の中の光のいでおはしましたること」と讃えつつ、次のように記している。

上達部、座を立ちて、御橋の上にまゐり給ふ。殿をはじめ奉りて擲《だ》うち給ふ。かみのあらそひいとまさなし。歌どもあり、「女房さかづき」などあるをり、いかがはいふべきなど、くちぐち思ひこころみる。

めづらしき光さしそふさか月はもちながらこそ千代もめぐらめ

「四条の大納言にさしいでむほど、歌をばさるものにて、声《こわ》づかひ用意いるべし」など、ささめきあらそふほどに、ことおほくて、夜いたうふけぬればや、とりわきても指さでまかで給ふ。

（『紫式部日記』二二五頁）

御産養の宴が始まるときには、主と客、そして客も身分に応じて席が決まっており、式次第も厳格に決まっているのだが、座を改めうちとけて盃を交す直会《なおらい》になるとそれが崩れ、上達部が「座を立ちて、御橋の上」に出て、「殿をはじめ奉りて攤うち給ふ」状態となる。攤とは賭け事のことである。宴から直会《なおらい》へ、そして座がばらけるというふうに、酒宴の至り着くところとして自然ではある。

宴が女房に歌を求めるほどに至ったわけである。今まで視線にさらされることのなかった女房が、宴の表に押し出されようとする。女房たちは、指名されて歌を詠むはめに陥ったときにどうするか、予《あらかじ》め考えていたということになる。当代随一の歌人、一流の文化人である公任に差し出すなら、「歌をばさるものにて、声づかひ用意いるべし」などとささめきあう。すなわち、「めづらしき」という歌は「くちぐち思ひこころみ」たときの「私」の歌である、と了解できる。複数の女房が「くちぐち思ひこころみる」ことをした歌の中のひとつとして、「めづらしき」の歌は記されている。用意された歌が、宴の中で公然と、すなわち「四条の大納言」

公任の存在を意識しつつ詠じられるような機会が、雑然とした宴の中で、「ことおほくて」失われたと読むことができる。

一方、『紫式部集』陽明文庫本七七番（校本八七番）では、どのように記されているだろうか。

宮の御うぶや又の夜月のひかりさへことにすみたる水のうへのはしにかむだちめ殿よりはじめたてまつりてゑいみだれのゝしり給。さかつきのをりにさしいづ。

めづらしきひかりさしそふさかづきはもちながらこそ千代もめづらめ

現代語に訳すると次のようになる。

若宮（皇子）の御産養の五日の夜、皇子誕生を表すような月の光さえ格別に澄みわたった（土御門殿の）遣水の上の橋に、上達部、殿道長から始まって、酔い乱れ騒がれた祝杯の折に、次の歌を差し出した。

皇子誕生という珍しき光の差し添う御祝い盃《さかずき》は、望月のように持ちながら千代にわたって褒《ほ》め讃えることでしょう。

『紫式部集』の詞書では、「殿」たちの前で詠じられたと見るのが自然である。もしくは、「さしいづ」とあるから、詠じたのではなく、書き記されたものを差し出したのかもしれない。『紫式部集』は、歌で閉じ目とされているから、この「めづらしき」という歌こそが記し置かれるべきことである。

ところで、清水好子氏は、いわゆる流布本系諸本の、特に後半部分において、詞書が必ずしも自撰とはいえないとされる。そして「詞書の不正確さ」の例として、この「さしいづ」を挙げ、『紫式部日記』と比べて次のように言われる。

> 日記の文章において、詳しく述べるところが事実であるなら、それを体験した本人がどうも事実を的確にあらわさぬ文末にしたのか不審である。紫式部ならいくら要約を求められたにしても、事実と反対の意味に受け取られる詞書を記すだろうか(6)。

しかしながら、それは『紫式部日記』の表現を事実と見るために生じる見解である。これを、歌の表現それ自体が場を示すものであるという視点から考え直すことはできないか。

いったい、歌における技巧とは何か。技巧とは何のためにあるのか。『紫式部日記』によれば、盃が千代も巡ることを讃え、特に『紫式部集』陽明文庫本によると、盃を千代も讃えるという。そのことは、盃に映ずる月の光に加えて、新しく指し添う光―皇子を祝う盃が千代もめぐり、その祝いにあずかることのできる光栄を歌っている。文字に記されること以上に、まさに詠じられることにおいて一首の和歌が多重的な意味を浮かび上がらせようとするところに、宴の和歌の特徴がある。隠された語のネットワークを、場に参与する者が、なるほどこれはうまい、と了解するのである。この歌はいわば技巧の歌であり、技巧をもって歌を彫琢《ちょうたく》することが、宮仕期の歌の特徴になっている。

原田敦子氏は「珍しき」の歌をめぐって『紫式部日記』と『紫式部集』とのくい違いについて「公卿達の都合でその心用意が無視されてしまう女房の立場の弱さを、ここに事実を記すことによって、一種の恨みをこめて式部はかみしめずにはいられなかったのである」と説かれる。さらに、原田氏は後に、「おそらく公任退出後、女房の無念を見てとった道長に指名されて献詠したものであろうから、両者の記す事情はそれぞれ誤りではないであろう」という。(7)

この矛盾の解釈は、事実と虚構、あるいは自撰と他撰との関係にかかわるものではなく、『紫式部日記』『紫式部集』に記された宴における公私の関係の捉え方の差異にかかわる、としなければならない。産養において「盃出《い》だせ」といわれるとき、どのような歌を歌うことが求められるのか。そこでは、個人的な心情は関係がない。産養において、讃えられるべき存在は、誕生した皇子である。また歌うべき内容は、長壽と繁栄でなければならない。そして、次に讃えられるべきは、中宮であり、殿である。あるいは宴に参上することの光栄である。産養の宴において、『紫式部日記』にせよ『紫式部集』にせよ、「私」は主《あるじ》側の、いわばもてなす側の女房として伺候《しこう》している。求められるのは主側の歌であるはずである。『紫式部日記』では、公任は皇子を讃えるべく招かれた客である。『紫式部日記』においては「私」にとって、「殿」は身内に属する。というよりも、宴においては、「殿」に対する「私」は、帰属し従属する関係にあり、客公任と主側の女房との関係とは質的に異なる。

すなわち、『紫式部集』における「殿」と「私」との関係は、公私の区別でいえば、私的な関係として記憶されるべきことである。『紫式部集』は抱え込む人間関係において『紫式部日記』と異なるということができる。

捨てられた歌

歌を詠んで準備し、あるいは歌を詠もうと心積りしているのに、その機会の失われたとされる例が他にもある。『紫式部日記』は次のように伝えている。

九日、菊の綿を、兵部《ひやうぶ》のおもとのもてきて、「これ、殿のうへの、とりわきて。いとよう老のごひすて給へと、のたまはせつる」とあれば、

菊の露わかゆばかりに袖ふれて花のあるじに千代はゆづらむ

とて、かへし奉らむとするほどに、あなたにかへりわたらせ給ひぬとあれば、ようなさにとどめつ。

（『紫式部日記』一一頁）

この詠歌の経緯をめぐって、原田敦子氏は「家集を読む限りでは、倫子の心遣いに感激した式部が倫子の延命を願う賀歌を詠んで奉ったと解されるが、日記では決してそうではないのである」として、

精一杯の賀歌を作って倫子に奉ろうとし、それが無用のものになった取り残された式部の孤愁とみじめさが浮き彫りにされる。（略）「ようなさにとどめつ」の一言には、限りない痛憤と共に、我が身の程も考えずに感激した自身の軽率さへの自嘲がこめられている。(8)

原田氏は『紫式部集』と『紫式部日記』から推測される出来事の実態としての全貌を捉え、そこから『紫式部日記』と『紫式部集』を分析するという手続きをとられるのである。

考えてみると、『紫式部日記』においては「兵部の御許《おもと》の持て来て」とあるように、「殿の上」と「私」との間に介在する女房がある。下賜《かし》されたものをありがたく頂くことで良かった。そ

れを、歌をもって返礼しようとすることの方が、自らを高めて「殿のうえ」の贈答の相手として出しゃばることになる。つまり、紫式部の無念さばかりを言いつのることはできない。その公の行事にかわって（あるいは、なずらって）「殿の上」が「菊の綿」を下賜したとしても、ますます選ばれた者としての光栄をいうべきではなかろうか。(9)

『紫式部集』ではやはり、そこに介在する女房の姿は捨象されている。女房の名さえも記されていない。この歌は陽明文庫本では巻末の「日記歌」（校本一一五番）に掲載されている。

九月九日、きくのわたを、これとのゝうへいとようおいのごひすてたまへとのたまはせつる、とあれば

菊の露わかゆばかりに袖ふれて花のあるじに千よはゆづらん

なお「袖ふれて」には、何本かに「袖ぬれて」という異同もあるが、(10)ここでは問わないでおこう。現代語訳は次のようになる。

九月九日、菊の綿を殿の上が、「いとよく老いをぬぐい捨てなさい、と仰ったのです」ということであったので、

菊の露の恩恵によって、若返るほどに袖に触れて花のあるじである殿の上に千年の壽命は御譲り申し上げます。

菊の綿が下賜されるのについて、やはり消息ではなく、言葉で伝えられたことは「これ」という指示語、「とのたまはせつるとあれば」という表現からわかる。陽明文庫本で「いとようおいのごひすてたまへとのたまはせつる」と、ある女房の伝えた「殿の上」の言葉は、内容からみればいわば過剰の表現である。このことと「日記歌」のありかたとは関係している。紫式部自身の表現か、後人の表現かは分からないにしても、「殿の上」から下賜されたことを、特に強調していることはまちがいない。なぜ家集は返歌する機会を逸したと記していないのかということを、『紫式部集』の側から推測することはできない。事実がどうかということは問題なのではない。

技巧の歌と歌の技巧

次の記事は「御五十日」の宴である。

おそろしかるべき夜の御酔ひなめりと見て、事はつるままに、宰相の君にいひあはせて、隠れなむとするに、東おもてに殿の君達宰相の中将など入りて、さはがしければ、ふたり御帳のうしろに居かくれたるを、とりはらはせ給ひて、ふたりながらとらへすゑさせ給へり。「和歌ひとつつかうまつれ。さらばゆるさむ」とのたまはす。いとわびしく恐ろしければ、聞こゆ。

　いかにいかがかぞへやるべき八千歳《やちとせ》のあまり久しき君が御代《みよ》をば

「あはれ、つかうまつれるかな」と、ふたたびばかり誦ぜさせ給ひて、いと疾《と》うのたまはせたる。

　あしたづのよはひしあらば君が代の千歳のかずもかぞへとりてむ

さばかり酔ひ給へる心地にもおぼしけることのさまなれば、いとあはれに、ことわりなり。げにかくもてはやしきこえ給ふにこそは、よろづのかざりもまさらせ給ふめれ。千代もあくまじく、御ゆくすゑの、数ならぬ心地にだに思ひつづけらる。（『紫式部日記』四二頁）

　ここに「事はつる」とあり「おそろしかるべき夜の御酔ひなめり」とあるように、「東面」では、したたかに酔った「殿の君達宰相の中将など」が騒いでいる。「宰相の君」（藤原豊子）と「私」は「ふたり御帳のうしろに居かくれ」ているのに、殿が二人を引き出し、目の前に据えて、「和歌ひとつつかうまつれ」と責めたてる。それでは、どのような歌が求められているか。宴は果てても皇子誕生を祝う余韻の中にある。歌の内容は祝賀以外にはありえない。「私」が「殿」の無理難題を引き受けることにおいて、宰相の君は救われることにもなるのである。さて「いかにいかが」の歌は、なんとも大げさな表現である。そうであってこそ、泥酔《でいすい》している殿にも了解可能な歌なのである。宴の果てた後の、にぎやかな騒がしい場の歌らしいものと見える。

ところが、泥酔していると見えた殿が、「私」の歌を「ふたたびばかり誦《ずん》ぜさせ給」うただけでなく、「いと疾《と》う」返しの歌を詠んだ。そして歌の内容が、一心に若宮のことを思うものであったことに驚かされたという。『紫式部日記』におけるこの記事の主題は、むしろ殿という人物に対する興味にかかわるものである。この記事の後に倫子・道長の関係がほほえましくも表現されていることと関係していよう。「殿」という人物を讃えることは『紫式部日記』全体の意図にかかわる。

そしてよく見れば、歌「いかにいかが」は、酔った殿を覚醒《かくせい》させるほどに手の込んだ歌であることがわかる。「いかに」に「五十日《いか》」を掛け、「いかが」にも「五十日」を掛ける。技巧を尽くすことによって、誕生した皇子の長壽、皇子の「君が御代」を壽《ことほ》ぐ意図があらわになっている。音における反復と尻取りも偶然ではないであろう。(11) 出仕後の歌は、技巧の歌である必要に迫られているはずである。

『紫式部集』陽明文庫本七九・八〇番（校本八九・九〇番）では次のようである。

御五十日の夜とのゝうたよめとのたまはすれば、ひげしてあしけれど

いかにいかがかぞへやるべきや千とせのあまりひさしき君かみよをば

との〻御

あしたづのよはひしあらば君か代の千とせのかずもかぞへとりてむ

この現代語訳は次のようである。

皇子誕生の御五十日の御祝の夜、殿が「（祝いの）歌を詠め」とおっしゃったので、卑下してよくはないが、

五十日にいかが数えきることができるでしょうか。幾《いく》千年も続く久しい主の御世を。

殿の御歌

（私に）葦田鶴のような齢があれば、君が代の千年の数も数え尽くすことができるでしょうか。

詞書には必ずしも宴席で求められた歌として記されてはいない。歌それ自身が宴の場の歌の表現をもつことが了解される。ただ、歌を詠ずる動機は、『紫式部集』においては「殿の『歌詠め』」という要請に応じたということが中心である。名指しされたものとして、「殿」と「私」との一対一の関係に収束している。『紫式部日記』のように女房二人のうちのどちらかというのではない。殿に向かって歌うことは、やはり衆人環視の中のことなのである。すなわち、『紫式部日記』に比べて『紫式部集』は殿と私との対偶に重きを置いているとみえる。

こうした、場と技巧の問題は宮仕期の歌の特徴であり、初出仕の歌と献上された歌についても、歌の場と歌の表現の技巧の問題は深くかかわるはずである。特定の機会に人に向かって詠じられた、相手のある歌であり、そのためにこそ練られた表現になっているのではないか。あるいは練りに練られた表現であることにおいて、価値をもつ歌として記憶される。そのことが『紫式部集』に記しとどめおこうとする意図にかかわっている。

異伝の中の歌

次の歌「こゝのへに」が誰の歌なのか、文献によって異なっている。このような現象をどのように考えればよいであろうか。『紫式部集』ではみずからの歌と見えるが、『伊勢大輔集《いせだいぶ》』では「院の中宮」による返歌とされている。

『伊勢大輔集』は自撰歌集である。伊勢大輔は「百人一首」ではあの有名な「古《いにしへ》の奈良の都の八重桜」が採られている。彼女の大中臣家は、神道の家柄であるが藤原清輔の『袋草紙』に、大中臣《おおなかとみ》家の「六代相伝之歌人」と称された、累代の歌詠みの家柄だった[12]。生没年は未詳であるが、紫式部とともに宮仕えした。勅撰集に五一首も採られた有名な歌人である。

さて、このように異伝が存在する場合、どう読めばよいのか、考えてみることにしたい。

　卯月《うづき》にやへさける桜の花をうちわたりにてみ
こゝのへににほふをみれはさくらかりかさねてきたる春のさかりか
（陽明文庫本九八番歌、校本一〇四番歌）

簡単に現代語訳を加えると、

　四月に八重桜の咲いているのを内裏で見て、
九重に匂うさまを見れば、桜花は重ね着をしたような春の盛りである。

ということになる。

『紫式部集』の詞書で「卯月にやへさける」「うちわたり」という詞書の語句は、もちろん歌の表現と無関係に置かれているのではない。歌の解釈の手掛かりとなる言葉として示されている。『紫式部集』の詞書に即するかぎり、この歌は一見、内裏において、例えば庭に植えられた桜や折られた桜の枝に、たまたま接したときのこととして感慨を記すと見えなくもない。しかしもしそうであったら、詞書の語順が、例えば、

卯月に・内わたりにて・やへさける桜の花を・み、

となっていてもよい。だから、「卯月に・やへさける桜の花を・うちわたりにて・み」とは、「桜の花」がわざわざ「内わたり」まで持ち来たったものであることを予想させる。「桜狩り」は、歌の詠じられる機会としての儀礼、儀式をさしての表現であろう。『紫式部集の研究　校異篇・伝本研究篇』によると、紅梅文庫本では、三句「遅桜」、さらに幾つかの伝本にも「桜狩り」に傍書「遅桜」とあることがわかる。[13] これらは、儀礼・儀式よりは、時節はずれの珍しさを重視した。ひとつの合理的な（そして、おそらく新しい）表現として詞書と対応している。また、紅梅文庫本では、末句「春かとぞ思」とあり、陽明文庫本に比べて、歌における同音の反復を持たず、平板な表現になっている。それ以上、われわれはこの詞書から歌の説明を読み取

ることはできない。
考えてみれば、一介の女房がとりたてて何事もなく何ということもない歌を詠じ、そればかりかその歌を家集に選び記しておくということはありえないはずである。特別の機会があるからこそ、歌が残ると考えるべき場合である。この『紫式部集』の詞書では、人間関係のみが関心の的になっているのではない。あくまでも歌そのものが記録されるべきであるとされている、とみるべきである。そのとき、どういう目的でこの歌は詠じられているのかが問われよう。

こゝのへに　にほふをみれは　さくらかり　かさねてきたる　春のさかりか

ここにも同音の反復が見られる。特に「桜狩り」と「春の盛り」は、音の反復においても示されるように、歌の意味における骨格をなしていることを表わしている。懸詞（掛詞）は、

ここの辺に
九重に（幾重にも）　重ねて着たる
九重に（宮中に）　重ねて来たる

という ふうに、意味の系を形成している。彫琢された歌である。どこに春が来るのか。ここ、内裏に春が一年に二度も訪れる。桜を誰が着るのか。中宮である。そのことを、中宮の立場で表現しているのが、この歌である。内わたりで、春の盛りを中宮の立場から詠ずれば、それは内裏宮廷の繁栄を自ら讃えることになるのである。

この歌には、歌に対する異った説明が、幾つかの文献に見られる。次のように『伊勢大輔集』の伝本においてすら、相互に異同を見せている。宮内庁書陵部甲本では、

院の中宮と申て、うちにをはしましゝとき、ならよりふこうそうづといふ人の、やへざくらをまいらせたりしに、これはとしごとにさぶらふ人〳〵たゞにはすごさぬを、ことしはかへり事せよとおほせごとありしかは、

いにしへのならのみやこの八重桜けふ九重ににほひぬる哉

院の御かへし

こゝのへににほふをみれはさくらがりかさねてきたる春かとぞみる(14)

一方、彰考館本では、

女院の中宮と申ける時、内おはしまいしに、ならから僧都のやへさくらをまいらせたるに、こ年のとりいれ人はいまゝゐりぞとて、紫式部のゆづりしに、入道殿きかせたまひて、たゞにはとりいれぬものを、とおほせられしかば、

いにしへのならのみやこのやへ桜けふ九重にゝほひぬる哉

とのゝ御まへ、殿上にとりいださせたまひて、かむだちめ君達ひきつれて、よろこびにおはしたりしに、殿の御返

こゝのへにゝほふをみれば桜がりかさねてきたるはるかとぞ思ふ(15)

というふうに、著しく異なっている。「ふこうそうづ」とは、久保木哲夫氏が「後に奈良興福寺の別当となった扶公僧都（九六六～一〇三五）」のことで、『御堂関白記』『小右記』『権記』や『栄華物語』などにも見え、道長とのつながりもあったことを指摘している。(16)この事例は、平安時代において、奈良が宗教都市として機能していたことを示す事例としても興味深いが、この問題は別に考えることにしよう。

さて今は、『伊勢大輔集』の伝本の成立や書写伝来を論ずることが目的ではない。後者は、「殿」が場面の中心にいるということこそ、「中宮」と伊勢大輔との関係をのみいう前者に比べて明確である。後者では、「殿」が「中宮」の御前に、桜と歌を話題として取り上げている。

そして「殿」は「紫式部」と伊勢大輔との関係に関与している。「殿」に引き連れられて「上達部」は、中宮に慶びの詞を申し上げる。強調されることは、中宮の御前を盛り立てる演出的役割を「殿」が果たしていることである。いずれの伝本にしても、伊勢大輔の立場から「九重に」の歌が「院」の歌として記憶されている。「古の」の歌に対する返しとして位置付けるとき、「九重に」の歌の詠出に紫式部の介在があるとしても、そのことは『伊勢大輔集』では記すべき必要がない。あくまでも伊勢大輔にとって「九重に」の歌は中宮の歌であるとすることが意味を持っている。竹内美千代氏は、「九重に」の歌について『紫式部集』には彼女が詠んだ詞書があるし、『続千載集』（ママ）にも彼女を作者としているから、中宮のために紫式部が代作をしているわけである」といわれる。[17] そのような事実的経緯を予想することもできよう。それにしても、「代作」というにしては足りない。一介の女房と中宮との関係をどのように見ればよいのか。古へと今の時の対応、奈良の都と「ここ」、九重との対比、八重桜と九重という数の対比、など伊勢大輔の「古の」の歌は、確かに整えられた表現である。

いにしへの　ならのみやこの　やへさくら　けふこゝのへに　にほひぬるかな

修辞と音律と、みごとというほかはないが、それゆえに劣らぬ中宮の歌が求められる。「九重に」の歌は、春がここと、内裏に一年に二度も訪れる。桜を中宮が着る。そのことをこの歌は中宮の立場で表現している。内わたりで、春の盛りを中宮の立場から詠ずることによって、内裏宮廷の繁栄をみずから讃える歌が必要となる。和歌において中宮の位格 persona に同一化することこそ「代作」する女房に求められるべきことである。

したがって、「九重に」の歌はあくまでも院の歌であり、「紫式部」の歌であることを公的に主張することは許されない。わずかに私家集においてこそ、可能なことである。そのことは『紫式部集』の予想する読者圏のありかたにも関係していると想像される。『伊勢大輔集』において、紫式部が譲ったということを記す場合も、詠歌の機会を「紫式部」に譲られたとすることによって、伊勢大輔の歌才を讃美することこそが求められる。宮内庁書陵部蔵乙本『伊勢大輔集』は、

女院中宮と申ゝ時、やへなるさくらをまいらせたるに、歌よめと入道殿おほせられしかは、

いにしへのならのみやこのやへさくらけふこゝのへにゝほひぬる哉(18)

とする。これでは「九重に」の歌すら記されていない。「入道殿」の言命が直接的に「古の」

歌と対応している。「甲、乙本系の詞書から推して、大輔集は恐らく自撰になるものであらう」(19)とされている。私家集の享受の形態と絡《から》んで、このような伝本間の異同は、原文と略本との関係というよりも、表現の繁簡《はんかん》のみならず、表現における力点の置き方の異なりが注意される。この『伊勢大輔集』にしても『紫式部集』にしても、おそらくごく少数の、それぞれ異なった人間関係の中に置かれるべく編集され、伝えられたであろうことを予想させる。

ちなみに、他の歌集の例を見ておくことにする。『続後拾遺和歌集』夏、一五七番歌、

一条院位におはしましける時、内裏にて卯月の比、桜咲きて侍りけるを見て詠める

紫式部

九重に匂ふをみれば遅ざくら重ねてきたる春かとぞ思ふ

ここには中宮も、殿も出てこない。伊勢大輔も出てこない。歌を個人の署名のもとに据え直そうとする中世以降の文学観の問題である。詞書に「一条院、位におはしましける時」ということを明記しているのは、時節外《はず》れの桜の咲くことを讃えて詠ずることが時の天皇の代を讃えることになる、と『続後拾遺和歌集』が解釈しているからである。中宮を軸に叙述するのではなく、天皇の歴史として記す。この詞書に勅撰集の歴史観の現われをいうこともできる。

ちなみに、この伝承は、『古本《こほん》説話集』『袋草紙』『詞花集』『十訓抄』などにさまざまな異伝が存在する。問題は、これらをつなぎ合わせて、伊勢大輔と紫式部との記録を復元することはできないということである。

北山茂夫氏の指摘されたように、客観的状況からみて、彰子中宮付女房として出仕するにあたっては、最終的に藤原道長が紫式部に出仕要請をしたことはおそらく間違いがない。北山氏は、道長論を書く上で、『紫式部日記』をみてヒントを得たと記している[20]が、北山氏が（興味を持たずに）見逃しているのは、紫式部の内側で、求められた女房としての役割を演じることを、紫式部がみごとにやってのけていると思うのだが、まさにそれゆえに彼女は憂鬱を抱えざるをえなかったという点である。

出仕期の歌の特質

原田敦子氏は、『紫式部集』の編集の意図を、「紫式部日記の中では、他から見られることに対する羞恥が何度か語られている。しかし、それにしては、式部の日記の中で余りにも己れの裸身をさらしすぎたとは言えないであろうか。（略）家集に於いて、日記と重なる部分に、こうした心理表現や内的憂悶の告白が見られないのは、独特の平衡感覚が働いて、家集からそれらを拭い去ったのではなかろうか[21]」とされている。おそらく道長に要請された公儀の日記の性格と、家の記録としての家集の性格との違いを認めることから問いを立てるべきであろう。

そのとき、『紫式部集』の表現、とりわけ歌の表現から歌の場を想定すること、合わせて女房の視線、女房の位置を改めて問い直すことによって「こうした心理表現や内的告白が見られない」ことの理由が認められるに違いない。そのことが『紫式部集』の歌の解釈を考え直す手掛かりになるのではないか。

とりわけ宮仕期の歌は、技巧によって彫琢された歌であることを余儀なくされる。例えば、『紫式部日記』では、中宮御産をめぐって、それぞれの歌はどのような場に置かれているか。個人的感情を表現することのありえない、儀礼的な歌において、歌が特定の場における集団の、意思を表現することこそ、解釈において留意されるべきことである。とすればもはや、『紫式部日記』『紫式部集』について事実と虚構、あるいは自撰と他撰の問題を論ずることは意味をもたない。問題は、『紫式部日記』『紫式部集』両者の歌をめぐる、公私の関係の捉え方の差異にある、としなければならない。

7　晩年期の歌群と家集の編纂

古本系の末尾歌の解釈

家集の性格を考える上で、冒頭歌は象徴的であるが、『紫式部集』が一代記的構成をもっとすると、(家集が統一性や完結性をもっとすれば、) 末尾歌もまた象徴的な意味を帯びるに違いない。ただこの家集は二系統の間に後半の配列に異同があるから、末尾歌群が異なる。そこで、ここでは系統別に歌群の配列のもつ意味について検討してみよう。問題を単純化して、それぞれの伝本系統の代表として陽明文庫本、実践女子大学本の二本の差異についてみておきたい。

一般的に、またこの家集の一代記的性格からみて、末尾の歌にどんな歌が置かれているかによって編纂時に近い編者の思いと編纂意図がみえるかもしれない。それがまた作者的伝記研究に立ち戻るというのであれば、末尾歌をもってこの作品にどのような統一性、完結性が与えられているのか、と問い直すことができる。

古本系の末尾は、相撲御覧の歌の贈答の後、次の三首をもって終わっている。現存陽明文庫本は、一一一番歌と一一二番歌との間、すなわち歌「恋しくて」の直前に一行の空白がある。これは先に述べた定家本系の冒頭歌と、二番歌との間の一行空白のもつ意味を考え合わせるならば、この三首の配置は後人の追加や偶然の一致ではなく、陽明文庫本が末尾三首をひとまとまりとして示そうとする主張であるのかもしれない。いずれにしても、末尾歌の解釈は前二首「恋しくて」「ふればかく」を対照させることにおいてより明確となる。

　　はつ雪ふりたる夕ぐれに人の
恋しくてありふる程のはつ雪はきえぬるかとぞうたがはれける　（一一二番）
　返し
ふればかくうさのみまさる世をしらであれたる庭につもるはつ雪　（一一三番）
いづくとも身をやるかたのしられねばうしとみつゝもながらふる哉　（一一四番）

現代語訳を試みると、次のようになる。

初雪が降った夕暮れに、人が、

恋しくて過ごしてきた折しも降った初雪は、消えてしまったかと疑われました。

返歌

年月が経ればこのように辛さのまさる世とも知らないで、荒れた庭に積る初雪です。私はまだ生き永らえています。

どこへもわが身のやりばがないので、辛《つら》いと思いつつも生き永らえております。

陽明文庫本には、さらにこの後ろに改めて「日記歌」一七首が付載されている。「日記歌」と題する以上、伝本としての古本の完結性はこの三首をもって認めることが妥当である。そのことは、古本系伝本が紫式部本人の直接の編纂によるものかどうか、あるいは成立当初より改変を受けているかいないかということとは別である。現存伝本たる古本の最終形としてのあり方の問題である。

この前二首は、雪は消えたかという問いと、雪は積もっているという答えとから成る贈答歌である。歌の場に寄せたという意味で、嘱目《しょくもく》の景物《けいぶつ》に寄せる問いと、切り返す答えとによって成り立つ贈答歌である。この二首と次のような歌を重ね合わせることにおいて、歌の形式を取り出すことができよう。

① 雪のすこしふる日女のもとにつかはしける
かつ消えて空にみだるゝ沫雪《あはゆき》はもの思ふ人の心なりけり　（『後撰和歌集』冬、四八〇番）

② 久しうまかり通はずなりにければ十月ばかり雪の少し降りたる朝《あした》にいひ侍りける
贈太政大臣
身をつめばあはれとぞ思ふ初雪のふりぬることもたれにいはまし　（『後撰和歌集』恋六、一〇六九番）

③ 心ざし侍る女みやづかへし侍りければあふことかたくて侍りけるを雪の降るにつかはしける
我が恋しきみがあたりを離れねば白雪もそらに消ゆらん

④ 返し
山がくれ消えせぬ雪のわびしきはきみまつの葉にかゝりてぞ降る
（『後撰和歌集』恋六、一〇七三・一〇七四番）

①②には問いのみの歌が記されている。これらの歌の形式は、いずれも、嘱目の景物である

雪に寄せて、「消ゆ」／「雪」／「経る」という縁語によって成る。これに心情が託される。

古本系末尾三首のうち、末尾歌「いづくとも」に対して前二首「恋しくて」「ふればかく」の歌う事柄は、悲痛さとは別である。歌「恋しくて」について、「はつ雪ふりたる夕くれに人の」という詞書によると、次のように考えることができる。初雪はすぐ消えるはずのものである。根雪にはならない。降ったのは「夕暮れ」とあるから、この歌は通い路に赴く男から女への打診の体裁《ていさい》をとるとみるのが穏やかである。雪が消えたら行く、ということか。あるいは、通い路に妨げとなる雪が今解けているのか、まだ残っているのかを問いかけているので、通い路の障害となる雪をもって女の心の冷ややかさをいうと見ることができる。しかるにそれは初雪である。たいしたことではない。そのようであるとすると、歌の形式から、恋の歌のやり取りともとれる。もちろん雪が本当に降ったか雪は消えたかどうかを尋ねることに歌の目的があるのではない。折節につけて男から女に言葉をかけるきっかけとして、雪は利用されている。

歌「ふればかく」について、修辞の問題としていえば、「降れば」には「経れば」が懸けられている。「ふればかくうさのみまさる」とあるとき、経ればと了解された語が「はつ雪」という語によって降ればでもあることが了解される。「かく」という語は、歌の詠出されるときの両者が状況を共有しており、相当の年月を経た男女関係のやりとりとして受け取ることができる。表現としては返しが、前歌に対して深刻すぎないかという印象も予想される。男が「経る程」に雪は消えたのではないか、と尋ねたのに対して、「あれたる庭につもるはつ雪」とはあまりにも雪の降り方の程度に差がある。女が邸宅の庭に雪の積もったことをいうことにおいて、男が他の女の所に行っていたことを表すともみられる。「荒れたる庭」は男の来ない女の邸宅のようすをいいつのるとともに、荒涼とした内面をも表すことになる。ただ、歌の贈答におけるこの差をもって女の不幸をまでいう必要はない。男が通ってこないことに対して軽い嫌《いや》味《み》を言うこととして解せる。一定の距離を保つことにおいて成り立つ男女関係の贈答とみることは許されよう。

一方、末尾の歌は景物と関係がない。

こうして前二首と歌「いづくとも」を比較してみれば、いよいよ末尾歌「いつくとも」は、男を必要としない世界を歌うかのようである。南波氏は「この歌の基底」に、

題しらず　　　　　　　　　　　読み人しらず

世に経れば憂さこそまされみ吉野の岩のかけ道踏みならしてむ

（『古今和歌集』雑歌上、九五一番、読人知らず）

世の中を憂しといひてもゐづくにか身をば隠さむ山なしの花

（『古今和歌六帖』第六、『旧国歌大観』三五一一番、題「山なし」）

惜しからぬ命なれども心にしまかせられねば憂き世にぞ住む

（『伊勢集』二〇六、『旧国歌大観』一八三一三番、題「世の中の憂きこと嘆く人」）

などの「古歌が意識されていたと思われる」とされている。[1] 内容についていえばこの世になお自己肯定的な姿勢を詠ずる伊勢の歌に近い。なお形式において、この三首との同一性の可否を検討する必要があろう。南波氏は、さらに、

（一二三）・（一二四）の贈答歌は、（一二五）と等価的配置ではなく、（一二五）の心境をよりよく浮きたたせるための対比的配置であろう。[2]

とされる。私もまた、陽明文庫本一一四番「いつくとも」の歌を、前二首と対照させて読むべきであろうと考える。歌集における和歌の配列には類聚性の方法を認めることができる。

また、歌「恋しくて」について、竹内氏は「ことば通りに解すれば、異性からの恋歌となるが、家集の順からして晩年に近い頃、そういうことは考えにくい[3]」といわれる。これに対して南波浩氏は「人」の用法を検討され、「やはり式部家集の用例の大勢から、夫宣孝とみたい[4]」といわれる。

ちなみに、実践女子大学本の他ほとんどの流布本には、初句は「恋わびて」とある。[5] これであれば女に対する男の恋情の強調された表現ということになる。遊戯性にあふれた生活を演出する存在として、「人の」を宣孝と見るのが穏やかであろう。というよりも「人」が実際の人物として誰であるのかを詮索することは、『紫式部集』の表現を勅撰集の詞書の方法に戻すことになる。『紫式部集』の詞書は「人」であって特定していない。もちろんこの贈答がいつのことかを明記することにも関心はない。夫であるか恋人であるか、私のいい人であるという抽象度に定まっている。配列の問題を別としても、まず歌「恋しくて」「ふれはかく」の二首は、贈答歌の形式からも、率直に男女関係の歌と理解すべきであろう。この二首と末尾歌の関係は、冒頭歌二首及び三番歌の離別に対して、四・五番歌が男と女との出会いを、思い出として対照させているのと同じ構造をもつ。すなわち鮮やかな思い出と現下《げんか》の孤独とを対照させて和歌を配列しているとみられる。その意味で、『紫式部集』全体が編年体かどうかはなお問題を残すけれども、末尾に置かれていることから、また「いづくとも」の歌の内容から、この三首が『紫式部集』全体を総括しているのではないかと考えられる。

『紫式部集』と『源氏物語』の行方

末尾歌「いづくとも」は、「いづくとも身をやるかたのしられねば」と、わが宿世の因果を悟り、執着を離れることができずにわが身のやり場に困っていることを表現している。近親の死や知人の死を経験して、なお出家できずにいる。また過去の思い出を捨て切れずにいる。出家しても他界して後、自己の行くべきところが果たして約束されてあるのかどうかもわからない、特に救済の問題としていえば極楽浄土に生まれかわることが約束されていないことを問う。いやそれは物語が紫上、宇治大君、浮舟の造型において問い続けてきた問題である。とにもかくにも、技巧のない率直な歌である。「うしとみつゝもながらふる哉」と限りない自己肯定を認めざるをえない自己の発見に悲痛さが窺《うかが》える。

この歌を考えるとき『紫式部日記』を見ておく必要がある。

いかに、いまは言忌《こといみ》し侍らじ。人、といふともかくいふとも、ただ阿弥陀仏にたゆみなく、経をならひ侍らむ。世のいとはしきことは、すべて露ばかり心もとまらずなりにて侍れば、聖《ひじり》にならむに、懈怠《けだい》すべうも侍らず。ただひたみちにそむきても、雲に乗らぬほどのたゆたふべきやうなむ侍るべかなる。それに、やすらひ侍るなり。としもはた、よきほどになりもてまかる。いたうこれより老いほれて、はた目暗うて経《きやう》よまず、心もいとどたゆさまさり侍らむものを。心深き人まねのやうに侍れど、いまはただ、かかるかたのことをぞ思ひ給ふる。それ、罪ふかき人は、またかならずしもかなひ侍らじ。さきの世し

らるることのみおほう侍れば、よろづにつけてぞ悲しく侍る。(6)（『紫式部日記』八〇～一頁）

この有名な条は、『紫式部日記』の消息的部分と呼ばれ、日記「成立」の問題として議論されてきたところである。ただ、この条は晩年の、もしくは宮仕え以後の紫式部の内面を示しているであろうと推測できる。

この記事は、『源氏物語』の行方を考える上でも興味深い。

およそ『源氏物語』は長い物語だが、その展開の中には幾つかの〝仕切り直し〟がある。例えば、若菜上巻はそれまでの物語とは全く異なる世界を切り開く。若菜巻がこの物語の転換点のひとつであることは、従来からさまざまに説かれてきた。(7)私もまた、若菜巻がこの長い物語を読み解く上で、大きなポイントであると考える。問題は、そのとき、初めて登場する人物が女三宮であることだ。ただ、女三宮が光源氏の正妻として降嫁してくることと、柏木による犯し、そして女三宮の懐妊と薫の誕生、そしてそれを光源氏が黙ったままわが子として抱くという顚末《てんまつ》は、まぎれもなく一連の出来事である。物語はそれらの出来事を同時に描くことができない。出来事を順番に語るより他はないのである。だから結果として事柄は、前後関係に置かれるわけである。

さらに、光源氏物語が終ってもなお宇治の物語が描かれる。そこには必然性があるに違いない。何より作者紫式部の強い意思が働いているはずである。そうすると、橋姫巻における八宮と姉妹の姫君の登場、大君の死にはどんな意味があるのか。さらに浮舟の登場、入水、そして出家。興味深いことは、大君は薫と饒舌《じょうぜつ》な議論を交わすことにおいて古代には特異な姫君である。こんなおしゃべりな姫君は、古代の物語にはいない。なぜかというと、大君はよりによって宿世そのものを疑うからである。当時のものの考えかたを支配していた、因果という仏教の根本原理を根底から疑うからである。彼女は、紫上のあとを襲って、出家することは許されていない。ところが、浮舟は大君の裏返しである（「身」と「心」という視点から、大君と浮舟とが裏表の関係にあることは、本書5節でも少しばかり触れた）。浮舟は強い行動をもたされることによって、大君の苦悩を軽々と超えて行く。そのような浮舟には、禁忌や慣習をものともせず超えて行動する匂宮がふさわしい。二人は、まるで古代の世界を超えかねない恋をする。

そこで、浮舟が入水することは、林田孝和氏の説かれるように、一切の罪を背負って「人形《ひとがた》」として「贖罪《しょくざい》」する女君であるが(8)、重い問題は物語がさらに蜻蛉《かげろう》巻以降を描いていることである。残るのは、浮舟と薫と、そして新たに登場させられるのが横川僧都《よかわのそうず》である。それはなぜなのか。面白いことであるが、そのとき、匂宮は排除されている。もはや物語の関心は、浮舟の救済は可能かという問いにしか存在しない。言い換えれば、蜻蛉巻以降の物語では、入水後の浮舟に横川僧都を引き合わせ、浮舟に出家をさせることこそ最大のテーマである。そこには、この段階では横川僧都以外に浮舟を救える存在はいないという確信があるに違いない。にもかかわらず、出家し世俗から離れえたはずの浮舟であったが、生きていることを薫に知られ、再び薫からの追及を受ける立場に追い込まれる。特に、薫から事情を知った横川僧都が浮舟に、出家からもう一度俗世に戻るように、還俗《げんぞく》を勧める手紙を書くところに、横川僧都ですら浮舟を救えないという絶望があるのだ。(9) ここでは、僧都の手紙の還俗説、非還俗説の議論を紹介することは差し控えるが、浮舟を出家させるところでは僧都は浮舟の側に立っている。ところが、手紙を書くところでは僧都は薫の側に立っている。つまり、僧都という僧綱《そうごう》、僧籍の身分をもつ横川僧都は貴族社会の中に組み込まれており、それゆえに貴公子である薫に屈せざるを得ないところにこの時代の壁がある。物語の展開からみれば、還俗説に分がある。この僧都以外に、浮舟を救える人はいないと思うが、浮舟を救うことはできないという絶望がある。

そのように考えると、この日記の末尾に、東大寺の戒壇《かいだん》院（もしくは比叡山）で受戒《じゅかい》を受け僧綱を得るような貴族社会に組み込まれた僧侶としてではなく、私度《しど》の僧として「聖にならむ」という紫式部の意志の表明は実に重いものとみえてくる。古代の仏教説話集である『今昔物語集』においてもそうだが、『源氏物語』においても「聖」と「僧都」との言葉の使い分けは、厳然として存在する。若紫巻において光源氏の瘧病《わらわやみ》を加持祈禱《かじきとう》によって治療した北山の聖と、北山の僧坊で光源氏の阿弥陀仏の世界を説き知らせた僧都とは、同じ北山の某《なにがし》寺ではあるが、聖と僧と、それぞれの住む世界、属する宇宙が異なる。そのことからすれば、横川僧都と妹尼君とは、住まいを共にするとしながら、また同じ仏教とはいいつつ、根本的に違うといわなければならない。妹尼君は長谷観音を信仰し、出現した浮舟を亡き娘の身代わりとして迎える。現世利益の論理に彼女の救いはある。しかしながら、横川僧都は厭離穢土《おんりえど》・欣求《ごんぐ》浄土を求める、浄土教の世界にいる。

つまり、『紫式部日記』において、紫式部は律令のもと「僧尼令《そうにりょう》」の規定する尼になるつもりはなかったのである。私度の「聖《ひじり》」になりたいというのである。宇治八宮が「俗聖」と呼ばれたように、「俗ながら聖」たる生きかたを描いた向こう側に、「聖」としての生きかたを彼女が夢想した可能性は、ある。

ただ、現世に対する執着のなくなったことをいいつつ、なお臨終の一念における迷いを恐れていることもわかる。そしてついこぼしてしまうことは「さきの世しらるることのみおほう侍れば、よろづにつけてぞ悲しく」あるということである。そのことからすれば、『紫式部集』歌「いづくとも」の伝えるところは、詠嘆のうちになお甘い自己肯定があり、『紫式部日記』におけるぎりぎりの出家志向とはなお隔たりがあるといえるだろう。(10)

定家本系の末尾歌の解釈

ところで、私家集において写本の末尾に、書写のたびごとに歌が新たに書き加えられて行く現象はしばしば見られるところであり、『和泉式部集』がもともと自撰歌集でありながら、幾《いく》重《え》にも他撰の部分が書き加え重ねられた痕跡が指摘されている。『和泉式部集』には正集と続集とが存在するが、重出歌を手がかりに、正集でもA群からE群までの歌群の単位で、家集が層をなして増殖して行った痕跡が存在するとされる(11)。

ただ、『紫式部集』における、他の私家集とは異質な冒頭歌と、両系統の伝本の末尾歌との間にそれぞれ、照応が認められるかどうか、またあるとしてどのように認められるか。その上でなお家集の全体を貫くものがあるのかないのか。厳密には、各伝本における歌の配列について詳細に検討しなければならないが、冒頭歌のみならず、まずは末尾歌が全体を締めくくるにふさわしいものかどうか考える意味がある。

繰り返して言えば、すでに『紫式部集』現存伝本の五一番以下が、古本系と定家本系との間に、いちじるしく歌順の異なることが指摘されている。しかしながらこの問題を単純に錯簡《さっかん》に戻せるかといえば、それはただちには不可能であろう。伝本を系統化すること、歌集の原形を求めることを一旦差し控えて、現存の二系統を認めた上で何がいえるのか、現状ではなお考えることは残されてあるに違いない。

古本系末尾三首のうち歌「いづくとも」は、現存定家本系伝本には存在しない。また「恋しくて」「ふればかく」の歌は、定家本系の代表的な伝本実践女子大学本では、末尾直前の一二二・一二三番（陽明文庫本六四〜六六番・実践女子大学本一二四〜一二六番）に配列されている。実践女子大学本では、

こせうしやうのきみのかきたまへりしうちとけぶみのものゝ中なるを見つけてかゞせうなごんのもとに

くれぬまの身をはおもはで人の世のあはれをしるぞかつはかなしき　（一二四番）

返し

たれか世にながらへてみむかきとめしあとは消えせぬかたみなれども　（一二五番）

なき人をしのぶることもいつまでそけふのあはれはあすのわが身を　（一二六番）

現代語訳は次のようである。

小少将の君の書かれた、打ち解けた私信、手紙がものの中にあるのを見つけて、加賀

の少納言のもとに

人生が暮れてしまうまで、わが身を思うことはなく人の世の悲哀を知ることは一方ではかなしいものである。

誰がこの世に生き永らえて見ることができるでしょうか。誰もできない。（小少将の君が）書き留めた筆跡は消えない形見であるけれども。

返歌

亡くなった人を偲《しの》ぶことはいつまででしょうか。今日の悲しみは明日のわが身のことなのに。

これで末尾が終わっている。であるとすれば、古本系・定家本系間における歌の配列の相違はどのようなことを表しているのか。

まず歌「暮れぬ間の」「誰か世に」の詞書において、小少将の君の「打ち解け文」であることが重要である。「打ち解け文」とはどういうものか。「物の中なるを見付け」たのは、小少将の君（源時通の娘）没後の身辺整理の折なのか。あるいは後日のことなのか。どちらしても没後そう遠くない時期のこととして編纂されている。とはいえ、時期の問題は二義的なことである。書き残した言葉によって、自己を反省することも思い至らず、「人の世のあはれを知る」

ことはある。それだけではない。自己に照らして、小少将の君の「打ち解け文」が、人に見られることは、彼女が生きていればきっと彼女にとって恥ずかしさに耐えられないほどのことであるかもしれない、と。

この歌は、次のような歌と重ねうる。

我が身からうき世の中と名づけつゝ人のためさへ悲しかるらむ
（『古今和歌集』雑歌、九五九番）

かさねてつかはしける
人の世のおもひにかなふものならば我が身はきみにおくれましやは
（『後撰和歌集』哀傷、一三九八番）

いずれの歌も、「我が身」「人の世」を、次のように対称的に配置することにおいて成り立つ。すなわち、これらの歌を重ね合わせることにおいて、

（我が）身　知らず　＋　人の世　知る

という形式をみとめることができる。「暮れぬ間の」の歌は、まさに哀傷歌の形式の一つである。「暮れぬ間《ま》の」の歌は率直な歌である。末句「悲しき」には諸本に「はかなき」という異同がある。歌の対照的な構成によって成り立つ形式に対して、自己の心情を加える言葉であるから、異同が起きやすいとはいえる。とはいうものの、この心情を表す表現の差異は、対称的な修辞を支えている形式そのものにかかわることがない。

次に、歌「誰か世に」にはいうまでもなく「誰か世に」と「誰かよに（まさか）」とが懸けられている。と同時に、故人の書き残した言葉を「形見」と捉え、人の存命の如何にかかわらず、故人の形見となった言葉がなお働きをもつことを伝えている。いうまでもなく「形見」には「身」が懸けられている。「死者の鎮魂というよりも生き残った者の無常感が前面に出る」(12)というだけでは足りない。人は命の限りあるものであるが、言葉が人の命を越えて存在し続けていることを改めて認識した、ということであるはずである。「書きとめし跡は消えせぬ形見」であると捉えることこそ、これを末尾に据える定家本系『紫式部集』の編纂意図がある。

さて、南波氏は『古今和歌集』八三八番、紀貫之の歌、

紀友則が身まかりにける時よめる　　紀貫之

あすしらぬわが身と思へど暮れぬまのけふは人こそかなしかりけれ

を「本歌」とするとされる。[13] そのときこれを「本歌」として特定しうる根拠が何か。今、哀傷歌の共有する形式の問題として捉え直すと、

明日　わが身　知らず　＋　今日　人（の世）（知る）

というふうに同じ形式を共有する歌であることが明らかである。そのようであれば、「暮れぬ間の」と末尾歌「亡き人を」とは同じ形式によるということができる。とすればさらに、歌を歌を重ねて、さらに哀傷歌の形式を確かめることができる。

（我が）身　知らず　＋　人の世　知る
誰か見む　＋　形見
明日　わが身　知らず　＋　今日　人（の世）（知る）

いわば、歌「暮れぬ間の」と「亡き人を」とは同じ形式をもつ。「明日」「今日」という語がさらに対照的に配置されることにおいて強調されている。

さらにいえば、紀貫之の歌「あすしらぬ」では、関心は反省よりも故人を悼《いた》むことに向けられている。葬送や追悼の儀式的な場を予想させるものである。そのことは歌「あすしらぬ」が「哀傷歌」の部立に分類されていることからも予想される。

しかし、『紫式部集』末尾歌「亡き人を」の歌は、死者の小少将の君を悼むといっても彼我にどれくらいの差があるのか。彼女の死はわがことと同じことだという。無常感といえばそれまでのことであるが、生に執着する自己に対する反省が籠《こ》められている、といわなければならない。『紫式部集』末尾歌を考察するに際して、南波氏が冒頭歌・二番歌と合わせて「愛別離苦・会者定離《えしゃじょうり》」(14)と解釈されたことを想起する必要があろう。このことは『紫式部集全評釈』ではさらに詳しく、

> 現存の定家本の「紫式部集」をみると、(一)歌における友との「めぐりあい」と「別れ」という、「愛別離苦」・「会者定離」の常理をあらわす歌にはじまって、最後の(一二六・一二七・一二八)の歌における、親友小少将との死別、すなわち、「生者必滅」の理を示す歌で終わり、首尾の照応をみごとに構成している(15)(略)

と指摘されている。この問題は特に「現存の定家本の『紫式部集』においてより強調される

べき問題に他ならない。この問題は定家本の冒頭と末尾の照応の問題としてより強く記憶する必要がある。歌の配列を直接紫式部の内面に求める前に、ひとまず定家本の編纂意図に求めることができるであろう。

「加賀少納言」の存在に関しては、早く三谷邦明氏が「自撰の、しかも、ほぼ編年的に纏められた家集の、最後の総括とも言える和歌が、紫式部の自作ではなく、加賀少納言という経歴・素性の全く分らない女房の歌になっているのは、他の平安朝の私家集と比較しても不思議な現象なのである」として、

> 加賀少納言の和歌は、そうした個人的な哀悼《あいとう》の情の悲痛さを越えて、人間存在の根底にある虚無の深淵にまで下降し、人間の生無情さを凝視《ぎょうし》している。

といわれる。そして、『源氏物語』『紫式部日記』『紫式部集』の読者として見た場合、「この最後を飾っている歌こそが紫式部にふさわしく」「この歌は充分に詠めるはず」だとして、「加賀少納言」を「紫式部の創作した架空の人物のように思われる」ともしている。さらに「紫式部が自己を対象化・他者化しようとしていること」に「紫式部の虚構の方法の根源」があるとされる。[16]

実に鋭い指摘であるが、もし「加賀少納言」の歌を「紫式部の自作」であるかないかにこだわりすぎるとすれば、むしろまた古代の和歌のあり方から外れて行くことになるおそれがある。土橋寛《ゆたか》氏が論じたように、古代にあっては、すでに知られている歌が、その折節の私の個人的な状況における内面を表現するのにふさわしいものであれば、それを自己のものとして詠じてもかまわない。思うに、むしろ重要なことは「加賀少納言」よりも、生きた証《あか》しとしての「うちとけ文」の方にある。そのことは『紫式部集』の「虚構」をいうこととは異質のことである。死後に残る形見としての言葉それ自体に関心が向けられているとしなければならない。加賀少納言の歌よりも重要なものは、私の歌「誰か世に」ではないだろうか。

ちなみに「誰か世に」を末尾歌とした『紫式部集』の編纂の意図を考察するのに、流布本特に定家本を問題にするゆえに、この歌に対する『新古今和歌集』の扱いを参照することも必要であろう。定家本の代表的伝本である実践女子大学本の一二五番「誰か世に」の歌は、『新古今和歌集』哀傷、八一七番として、

上東門院小少将の君身まかりて後、つねにうちとけて書きかはしける文《ふみ》の物の中に侍りけるを見いでゝ、加賀少納言がもとにつかはしける

紫式部

誰か世にながらへて見む書きとめしあとは消えせぬかたみなれども

とあり、藤原定家がとくに「誰か世に」の歌を採り出していることが注意される。

繰り返すけれども、この三首「暮れぬ間の」「誰か世に」「亡き人を」は、陽明文庫本ではほぼ真ん中の六四〜六六番歌（定家本巻末歌三首）として配列されている。配列における位置付けが異なることは、歌の解釈にも影響を与える。陽明文庫本の場合、編年的に理解すれば歌は自己の寡居期、もしくは宮仕期の感慨を表現していることになる。類聚的に理解すれば、死に照らされて自己の存在のはかなさとともに、人の死を越えて働く言葉というものに関心を示しているといえる。自分の生きた証しが物語であり、他ならぬ言葉であったというふうに。

論理を歌う紫式部

『紫式部集』を読み進めてゆくと、夕暮れに宣孝（かと推測される人）と紫式部とが交わした三八番歌「花といはば」に続き、にわかに暗転して「西の海の人」とおぼしき女友達の死に対する悲しみの三九番歌「いづかたの」があり、続いてきわめて唐突に、宣孝がすでに亡き人となった後の沈鬱《ちんうつ》な歌が並んでいることに驚かざるをえない。四二番以降の歌には、贈答という人間関係上の外的要請にもとづくにもかかわらず、亡き夫を悼み悲しむ気持ちが滲《にじ》んでいる。

独詠かとおぼしき歌にも、その悲嘆が直截的に表現されることは稀である。

さて、清水好子氏は五三番歌、

世の中のさはがしき比朝かほを　おなじ所にたてまつる（古）とて、

・人のもとへやる　（定）

消えぬ間の身をも知る〳〵朝顔の露とあらそふ世を嘆くかな[17]

を対象として、紫式部の歌の特徴を論じ、例えば、次のような諸点を挙げておられる。原文のまま何点か引用しておきたい。

・式部は夫が死んで悲しいと一言も言わない。ただ「朝顔の露とあらそふ世を嘆くかな」と人間の生命一般のことにしてしまう。そして、それを生きて悲しむ自分もやがて死ぬかもしれないと言っているのである。実感だったのだろう。　（『紫式部』九一頁）

・この歌は、彼女の出遭《であ》った死が、ただ離れがたい者を奪い去った、生身《なまみ》を割《さ》く痛みだけでなしに、もっと複雑な失意を残したことを語るものではなかろうか。　（九二頁）

・家集に残る紫式部の歌は、夫の死後娘時代や新婚当時の物怖《お》じしない明るさを喪ってしまう。まるで人が変ったように、用心深く慎ましい歌が目につくから、宣孝を喪ったことは彼女に大きな打撃をあたえたにちがいない。だのに、式部には和泉式部のように心を全部歌にむけて解き放つことがなかった。あるいはそのような独詠は家集に記されなかった。(18)（九三頁）

と。清水氏は、その例証として、次のような『和泉式部続集』の独詠歌九首を挙げる。

・かひなくてさすがに絶えぬ命かな／心を玉の緒《を》にしよらねば　つきせぬことを嘆くに（九四九番）
・なほ尼にやなりなましと思ひ立つにも　捨てはてんと思ふさへこそ悲しけれ／君に馴れにし我が身と思へば（九五三番）
・思ひきや／ありて忘れぬおのが身を君が形見になさむものとは（九五四番）
・語らひし声ぞ悲しき／おもかげはありしそながら物もいはねば　月日に添へて、行方も知らぬ心地のすれば（九五六番）
・死ぬばかり行きて尋ねん／ほのかにもそこにありてふことを聞かばや　火桶《ひをけ》にひとりゐて（九五九番）

・向ひゐて見るにも悲し／煙りにし人を桶火《をけび》の灰によそへて　（九六二番）
　　つくづくとただほれてのみおぼゆれば
・はかなしとまさしく見つる夢の世をおどろかで寝る我は人かは　（九六三番）
・ひたすらに別れし人のいかなれば胸にとまれる心地のみする　（九六四番）
　　月日のはかなう過ぐるを思ふに
・すくすくと過ぐる月日の惜しきかな／君がありへし方ぞと思ふに　（九七三番）

清水氏の評されるところは確かに首肯《しゅこう》される。が、なぜそうなのか。さらにもう少し詳細に検討して行くと、鬱屈した感情の解放のしかたは、紫式部と和泉式部とでは、どう違うのか。歌をめぐる認識や表現においてどのような違いがあるのか、というふうに考えることができる。そこで、清水氏の挙げられた事例を改めて読み直して見ると、和泉式部の歌の場合、傍線部分のように、直線的な抒情が上句に投げ出され、下句との関係は倒置法になっていることがわかる。それに、この倒置法はすべて順接であって、下句は条件節の役割を果たしていることがわかる。つまり、これは正述心緒の詠みかたである。

こうした表現の傾向は、『紫式部集』五三番と同じ素材、疫病と「死」と「露」あるいは「朝顔」という素材を用いて、亡き人を追慕して歌っている歌を、『和泉式部集』から抽出、分析してみても変わることがない。

なくなりにたる人の持たりける物の中にあさかほを〻りからしてありけるをみて

・朝がほを折りてみむとやおもひけん／露よりさきにきえにける身を　（一〇九六番）

世の中はかなき事なといひて槿花のあるをみて

・はかなきは我が身なりけり／あさがほのあしたの露もおきてみてまし　（一二九六番）

よのなかさはかしうなりて人のかたはしよりなくなるころ人に

・しらじかし／花のはことにおく露のいつれともなきなかにきえなば　（一三六三番）

和泉式部の歌において抒情は、やはり上句に投げ出されている。これらの例では、「はかなき」「身」の比喩としてのイメージが、「露」として出されているが、これはすでに『古今和歌集』以来の伝統的発想である。和泉式部の歌は、「露」を介して「世の中」とわが「身」のはかなさが関係付けられているが、紫式部においては「露」は「露と争ふ世」と発想されている。和泉式部の「置く露」よりも、動的に捉えられているところが注目される。

しかし、相違はそのことだけにとどまらない。愛すべき人を（おそらく）疫病の蔓延《まんえん》によって突然に奪われた和泉式部の危機的な存在感覚は、右の例にとどまらず数多いのだが、紫式部の表現は和泉式部の歌の表現よりも屈折している。和泉式部が全体重を掛けて「はかなきは我が身なりけり」と、自己の存在への不安を嘆くのに対して、紫式部は、悲しみなどはもはや自明の事柄であるかのように、

消えぬ間の身をも知るく

と上句にまとめて相対化してしまう。失意や悲哀の中にありつつ、これを超えた次元に彼女のこだわりが示されているのである。

ところで、すでに竹内美千代氏は、宣孝の死後間もないころの紫式部の歌に、心の中の対立や矛盾なりが表現上に現われていることを、次のように指摘されている。すなわち五二番歌「をりからを」~五六番歌「心だに」について、

縁語や掛詞が少い。独詠歌にはそういう修辞は少い傾向があり、贈答歌や儀礼の歌等には修辞が多いのと対跡《たいしょ》的である。この五首は、心があれこれと思い乱れるのを、肯定と否定を用い、逆接の接続助詞を配して、心の屈折を効果的に表現していると思う。

と述べ、それぞれ、

薄きを見　―つつ　―薄きとも見ず　（陽明文庫本、五二番）
消えぬまの身をも　―知る知る―露とあらそふ　（同、五三番）
世を憂しと厭ふ　―ものから―ゆく末を祈る　（同、五四番）
心に身をばまかせね―ど　―身に従ふ心　（同、五五番）
思ひ知れ　―ども　―思ひ知られず　（同、五六番）

と事例を示しておられる。[19] つまり、心の中の対立が歌の上句と下句との対立として表現されてくるというわけである。同様の事例を改めて探せば、

たれか世にながらへてみむ／かきとめし跡はきえせぬかたみなれども
（陽、六五番・実践女子大学本、一二五番）
よにふるになどかひぬまのいけらじと思ひぞしずむ／そこは知らねど
（陽、八八番・実、九七番）
みよし野は春のけしきにかすめども　むすぼほれたる雪の下草

（陽、九四番・実、五九番）

なにばかり心づくしにながめねど、　みしにくれぬる秋の月影

（陽、一〇九番・実、一一九番）

ことわりのしぐれ空は雲まあれど、　ながむる袖ぞかはくよもなき

（陽日記歌、九番・実、一一六番）

人にまだをられぬものを　たれかこのすきものぞとは口ならしけん

（陽日記歌、一四番・実、ナシ）

などを追加することができる。

つまり、この五三番の朝顔の歌の表現の悶《もだ》えは、和泉式部とは対照的なこの逆接の語法にかかっている。紫式部の歌においては、無常に対する、体験から導かれてきた理性的で観念的な認識と、いやというほど知っているはずなのに割り切れないという感性的な認識との対立によって分裂してゆく自己の内面を、一首の中に織り込もうとする志向が働いている。だから彼女の歌は、イメージの飛躍ということが少なく、対立や分裂を統一しようとする論理が強く感じられる。

死 ― 喪失と季節

紫式部の歌は、死と死によって引き起こされる悲しみに関する表現において、どのような特徴があるだろうか。表現を対照する上で注目できるのは紀貫之の哀傷歌である。[20]『貫之集』から任意に挙げてみると、

紀友則うせたるときによめる
・明日知らぬわが身とおもへど暮れぬ間の今日は人こそ悲しかりけれ　（七四四番）
あるじうせたる家に桜の花を見てよめる
・色も香もむかしの濃さに匂へども植ゑけむ人の影ぞ悲しき　（七四六番）
世の中のはかなきことを見て
・憂けれども生けるはさてもあるものを死ぬるのみこそ悲しかりけれ　（七五一番）
・昨日まであひ見し人の今日なきは山の雲とぞたなびきにける　（七五二番）

などを見つけることができる。このように貫之の歌において、死は季節の巡《めぐ》りの中に捉えられている。自然が昔と今と常住《じょうじゅう》であることに対して、人の生命のはかなさが捉えられるのであ

り、昨日（と今日）、昔と今日、今（と昔）という形で「対立」は、時の問題として捉えられている。その点から、貫之の日記の方法を論じることもできようが、今注意したいのは、めぐり来る春、親しい者を喪った者に変らず春がめぐり来るときに、主なき宿にも桜の花が散るというのではなく、まさに絢爛《けんらん》と咲くことと重ねて悲しみと恋しさを歌うとする点である。特にこの例では、哀傷が秋という季節と結合してくる。なかでも『古今和歌集』に発する伝統的な感覚からは新しく異質なものに見える。

しかし、それはひとり貫之に限られるものではない。『和泉式部日記』の冒頭は次のように記されている。

夢よりもはかなき世のなかをなげきわびつゝ、明かし暮すほどに、四月十余日にもなりぬれば、木のした暗がりもてゆく。築地のうへの草あをやかなるも、人はことに目もとゞめぬを、あはれとながむるほどに、近き透垣《すいがい》のもとに人のけはひすれば、誰ならんとおもふほどに、故宮にさぶらひし小舎人童なりけり(21)

恋人であった弾正《だんじょう》宮を喪った私のもとに、また「四月十余日」が訪れる。それは「やがてその一周忌がこようとしている」(22)。式部の胸中には、いろいろな思い出が去来したことであろう」

ということだけではない。去年の六月十三日。そのころはまだ暑い夏の盛りであった。そして今年、春が行き「木のした暗がりもてゆく」「四月十余日」になったということは、まさしくあの思い出すにしのびない「夏」が再びめぐり来た、という感覚なのだ。四月というだけでは足りない。夏が春と別れを告げて夏を感じさせ始める「十余日」ごろでなければならない。ここに見られる「あはれとながむる」想念には、循環し到来する季節としての夏への臨場感が下敷きになっている。諸注は、和泉式部の繁る青葉や草への注目の著しいことを教えている[23]が、さらに言えば、他人は気にとめぬ「あをやかなる」「草」、木の下暗い昼の陽光は、土の熱気とともに、むっとする草いきれさえ作者を包もうとする。それはまさしく和泉式部の朧《おぼ》ろげな光線の下で体液と精液とに塗《まみ》れた交歓の嗅覚の記憶である。橘の花の香にふと「昔の人の袖の香」を覚醒する彼女が次に続くことも意味深い。彼女の「ながめ」は、明るい光線の中で、樹影の暗がりの中へ視線を移しながら、果てしなく昔日《せきじつ》の記憶の中へ溶け込んで行こうとすることである。それらの記憶と堂々巡りの煩悶《はんもん》が「あはれとながむる」ことである。和泉式部にとって「夏」は、愛するものの肉体を喪失した季節である。

『和泉式部日記』は、和泉式部自筆の日記だという説と、例えば藤原俊成が書いたという他筆説がある[24]。特にこの日記は『和泉式部物語』とも呼ばれていることにも関係する。いずれにしても、そうした手ごたえある季節への感覚を、その冒頭の構造にはっきりと示していることは動かない。

一方、『紫式部日記』の冒頭が、秋という季節において切り出されるにはどんな理由があるのか。確かに、彰子中宮の皇子誕生という歴史的な慶事を寿《ことほ》ぐとともに、主家を讃美することを主題とするとはいえ、その書き出しは、一方では、作者の暗澹《あんたん》たる色調をもつ心象風景にふさわしい季節こそ「秋」であるのだ。知られているように、『源氏物語』の作中人物が死に行く季節が概して秋であり、秋でなければならないとする、同様の季節感に支えられている。その中で、藤壺と柏木とこのふたりだけが春に他界することには、逆に理由があるとさえ考えられる。とはいえ『紫式部日記』の秋は、いわば実りの秋というよりも、哀傷の秋へと傾斜した『古今和歌集』の季節感の強い影響下に立っている。このように死と死に対する悲しみの表現には、自然とりわけ季節が必然的なものとして選び取られていると考えられる。さらに『紫式部集』の冒頭歌は、惜秋から初冬へと、もっと過激な設定がなされていることに留意する必要がある。

「日記歌」から推定されること

もう一言付け加えておきたいことがある。いささか専門的な問題に入り込み恐縮であるが、『紫式部集』について考えるときに避けて通れないやっかいな問題について、簡潔に整理しておこう。

先にも述べたことだが、定家本系の実践女子大学本は、全部で一二六首の歌を載せる。これに対して、古本系の陽明文庫本は一一四首の歌を載せるとともに、末尾に「日記歌」一七首を付載している。それは次のような内容である。

「日記歌」		(実践本)	(現『紫式部日記』)	(詠作日時)
一	たえなりや	六五	ナシ。	寛弘五年五月五日。法華三十講
二	かがり火の	六六	ナシ。	同
三	すめる池の	六七	ナシ。	同
四	なべて世の	七〇	ナシ。	寛弘五年五月五日
五	なにごとと	七一	ナシ。	同
六	菊の露	一一四	九	寛弘六年九月九日。
七	水鳥を	ナシ。	六	寛弘五年一〇月中旬。
八	雲まなく	一一五	七	同
九	ことわりの	一一六	八	同
一〇	うきねせし	一一七	一一	寛弘五年一一月中旬。

一一	うちはらふ	一一八	一二	同
一二	としくれて	ナシ。	一四	寛弘五年一二月二九日か。
一三	すきものと	ナシ。	一五	
一四	人にまだ	ナシ。	一六	
一五	よもすがら	七四	一七	寛弘五年か。
一六	ただならじ	七五	一八	同
一七	よのなかを	ナシ。	ナシ。	

この「日記歌」は、家集の成立を考える手がかりとして、早くから注目されてきた。[25] ごく単純に考えれば、古本系（の陽明文庫本）の方が古態を残すものとすると、次の（A）から（D）という四つの小歌群を、いつとは明言できないが、ごく早い時期に、誰かが（それが誰であるか今のところは全く予想がつかないにしても、）挿入・追加したものと理解するのが自然であろう。そして、それ以外の細かな異同は、副次的で追加的に生じたものと考えることができる。

（A）

一	たえなりや	六五	ナシ。	寛弘五年五月五日。法華三十講

二	かがり火の	六六	ナシ。	同
三	すめる池の	六七	ナシ。	同
（B）				
四	なべて世の	七〇	ナシ。	寛弘五年五月五日
五	なにごとと	七一	ナシ。	同
（C）				
六	菊の露	一一四	九	寛弘六年九月九日。
八	雲まなく	一一五	七	同
九	ことわりの	一一六	八	同
一〇	うきねせし	一一七	一一	寛弘五年一一月中旬。
一一	うちはらふ	一一八	一二	同
（D）				
一五	よもすがら	七四	一七	寛弘五年か。
一六	ただならじ	七五	一八	同

この二つの表から分かる、もうひとつの興味深い点は、当初古本系（の陽明文庫本）から排

除されていると推定される歌が、一定の傾向をもっているのではないか、と想像できることである。

1 （A）群の「たえなりや」「かがり火の」はともに賀歌であり、土御門殿で開催された法華三十講において、主家を讃美する歌である。おそらく法要後の饗宴の場の詠歌かと推定される。「すめる池の」は大納言君（源廉子）の歌である。これらの歌が（もちろんすでに消滅した原『紫式部集』に存在した可能性もなくはないが、あくまでも現存家集を基準としてみると）家集本体から排除されている、と考えられること。

2 （B）群の「なべて世の」「なにごとと」は端午《たんご》節に寄せて、小少将君と私的に贈答したものが排除されていること。

3 （C）群の「菊の露」は、重陽《ちょうよう》節に道長の妻倫子から下賜《かし》された菊の綿に対する返礼として用意した歌とされる。これが『紫式部日記』に「ようなさにとどめつ」とあり、これはいわゆる「捨てられた歌」だとされてきたものである。これが排除されていること。

4 （C）群の「雲まなく」「ことわりの」小少将君との私的な贈答、及び「うきねせし」「うちはらふ」大納言君との私的な贈答が排除されていること。

5 （D）群の「よもすがら」「ただならじ」は、道長との贈答であるが、これらが排除されていること。

6　さらに、典型的な独詠歌と見られる、

七　水鳥を水のうへとやよそに見むわれも浮きたる世をすぐしつつ

一二　としくれてわが世ふけゆく風の音に心のうちのすさまじきかな

などが排除されていること。これらは、いずれもよく紫式部の内面を伝えるものとして注目される歌であるが、懸詞（掛詞）や縁語、序詞などの技巧が少なく、心情を比較素直にぶつけた歌である。

これらの歌が現存歌集に認められないのは、想像を逞《たくま》しくすると、私家集として『紫式部集』に彼女が採ろうとした和歌が、技巧に優《すぐ》れ彫琢された和歌だったからではなかろうか。まさに南波浩氏の言葉を借りれば、「歌屑というべきものがほとんどない」「精選された」家集だった(26)といえる。

紫式部の和泉式部批評

『紫式部集』の原形が現存伝本の形からあまり遠いものでないとすれば、陽明文庫本末尾の「日記歌」から推定すると、ひとつの可能性は、この家集の初期編纂過程において、同趣の贈

答の重複した掲載を避けたのではないか、ということである。例えば、紫式部の贈答の相手によって分別すると、「日記歌」は、

1　大納言の君
2　小少将の君
3　倫子
5　大納言の君と小少将の君
6　道長との贈答
7　独詠歌

などというグループを挙げることができる。さらに単純化すれば、次のようにまとめることができる。

①　同僚の女房との私的な贈答を排除したこと
　　日記歌三番歌、同四・五番歌、同八・九番歌、同一〇・一一番歌
②　道長や倫子との贈答を排除したこと

同六番歌、同一三〜一六番歌

③　私的な独詠歌を排除したこと

同一番歌、同二番歌、同七番歌、同一二番歌、同一七番歌

などの生じた可能性が考えられる。問題は彼を排除し、此を採用することによって、何がどう際立つのか、家集の中の人物像はどう際立つのか。あるいは、道長とは対立する中関白家の運命を担う定子中宮付の清少納言や、主を同じくした和泉式部や赤染衛門たちと、紫式部は歌を交したのか、否か。少なくとも、家集にはそのような交流の痕跡は認められない。それはなぜだろうか。あるいは、そのことは何を意味しているのだろうか。逆に言えば、家集において和歌の贈答・唱和を交した相手はなぜ、和泉式部や赤染衛門ではなく、大納言の君や小少将の君、伊勢大輔たちなのだろうか。

「日記歌」をめぐって次々に疑問は湧いてくるのだが、いずれにしても、私は、現存伝本の姿から遠くないと推測される古本系の初期形は、同じ人物との贈答を繰り返さず、煩雑さを避け、最少にして最大の形でもって家集としての統一性を追求したものではなかったかと思う。

このうち、③の「私的な独詠歌」とした歌の中で、同一番歌、同二番歌、同一七番歌の三首は、折節の詠歌の場が想定できるので、本当は贈答・唱和の中の一首とすべきものかもしれな

い。[27] その意味で、いわゆる独白に近い独詠歌は、

（7） 水鳥どもの思ふことなげにあそびあへるを
水鳥を水のうへとやよそにみむわれもうきたる世をすぐしつつ

（12） しはすの廿九日にまゐり、はじめてまゐりしもこよひぞかしと思ひいづれば、こよなうたちなれにけるも、うとましの身のほどやと思ふ。夜いたうふけにけり。前なる人々うちわたりは猶いとけはひことなり、さとにてはいまねなまし。さもいまときくつのしげさかなと色めかしくいふをきく
としくれてわが世ふけゆく風の音に心のうちのすさまじきかな

この二首であろう。「日記歌」七番歌は、歌だけではまるで季節詠のように見えるが、それは「日記歌」としてここに置かれるときに、『紫式部日記』から極端に短く切り取られたことがわかる。現存の『紫式部日記』においては、彰子中宮の御産の後、天皇の「行幸ちかくなりぬとて」土御門殿が準備態勢に入り、前栽《せんざい》も華やかに飾り立てられるころ、「私」紫式部は「思ふことの少しもなのめなる身ならましかば」と、（悩むことの多い身の程だが）もし悩むことがひととおりの身の程であったら、浮かれた気分で過ごせるのに、という。

ただ思ひかけたりし心のひくかたのみ強くて、ものうく、思はずに、なげかしきことのまさるぞ、いと苦しき。いかで、いまはなほもの忘れしなむ、思ふかひもなし、罪も深かなりと、明けたてばうちながめて、水鳥どもの思ふことなげに遊びあへるを見る。

水鳥を水のうへとやよそにみむわれもうきたる世をすぐしつつ

かれも、さこそ心をやりて遊ぶと見れど、身はいとくるしかなりと、思ひよそへらる。

（『紫式部日記』二九〜三〇頁）

ここも終止形の文末をとる「見る」の直後に、この歌「水鳥を」は置かれている。「日記歌」の詞書とは違い、『紫式部日記』の叙述は、『紫式部集』二一番歌と同じ表現方法である。彼女の見る風景は、彼女の歌に示される内面と浸透し合っていることが読みとれる。萩谷朴氏は「宮仕えする以前の、紫式部の心事の最も大きな部分を占めていたのは、出家遁世《とんせ》」であり、再婚か宮仕えか、「在家・出家の問題が対立」しており、それが『源氏物語』へ「文学的情熱への昇華」したと見る。そして「思ひかけたりし心」とは「やはり遁世の願いでなくてはならない」のであり、「いわば仏の教えを、玩弄視していることに罪悪を感じた」ことと見る。(28)

それでは、彼女を悩ませる「思ひかけたりし心」とはいったい何か、彼女が抱えた「なげかしきこと」とは何かというと、そのことの内実は本当のところよく分からない。自分の苦しさに比べて、水鳥は気楽で何も苦しまずにいることが羨ましいと思いながら、いや気ままに見える水鳥もまた、同様に苦しんでいるのではないか、と。あの水鳥のあやうさは私と同じだ、と。おそらく宮仕えによって、貴紳の繁栄や栄光をまのあたりにすると、翻《ひるがえ》って拙きわが身の程を思い知らされたものと推測できる。この歌は、他の誰もがうかがい知ることのできない内面世界である。このような歌「水鳥を」が現存『紫式部集』に見られないことは果たして偶然なのだろうか。

一方「日記歌」一二番歌「としくれて」は、『紫式部日記』では次のように記されている。

しはすの廿九日にまゐる。「はじめてまゐりしもこよひのことぞかし。いみじくも夢路にまどはれしかな」と思ひいづれば、「こよなくたち馴れにけるも、うとましの身のほどや」とおぼゆ。

夜いたうふけにけり。御物忌におはしましければ、御前にもまゐらず、心ぼそくてうちふしたるに、前なる人々の、「うちわたりはなほけはひことなりけり。里にてはいまは寝なましものを。さもいざとき履のしげさかな」と、いろめかしくいひゐたるを聞く。

としくれてわが世ふけゆく風の音に心のうちのすさまじきかな

　とぞひとりごたれし。（五八頁）

とある。従来、この条は紫式部の初出仕したのが寛弘何年のことなのかという歴史的考証[29]や、歌「としくれて」に認められる紫式部の心情の孤独に注目されてきた、といえる。

　それでは日記の中の彼女は、いったい何を悩んでいるのか。この年の晦日近く出仕したとき、かつて何年か前に、初出仕したのが今日だったと回想する。「こよひのことぞかし」と強調されているから、思い返すとしても紫式部にとって宮仕えは強い衝撃であったことをいう。またそのときから今まで、思い返せば「いみじくも夢路にまどはれしかな」と強調された表現になっているから、いささか感情の昂《たか》ぶった感懐とみられる。したがって、夢のように過ぎてしまったという想念は、すぐに反転して「こよなくたち馴れにけるも、うとましの身のほどや」と、拙《つたな》き我が身の程に対する憂鬱に陥るのである。ここは「うとましき身のほどなりけり」というふうな、反省的な気付きの表現ではない。「うとまし＋の＋名詞（形容詞語幹＋の＋名詞）」という、圧縮的な構成をもった表現[30]を用い、いささか口語的であることにおいて自嘲的な気分を正直に漏らしたことがみてとれる。すでに夜は更けている。中宮は御物忌《おんものいみ》に籠《こも》られていて、女房としての任務は手持ちぶさたの感がある。そのようなときに、女房たちの戯れ言を耳にしながら、「としくれて」と歌を詠じて荒涼たる内面を詠嘆するのである。

紫式部の理想とした歌とは

これら「日記歌」の歌が、もし成立当初の本来の家集において、排除されていたものであるとすれば、①同僚の女房や、②主人方の人々との贈答・唱和について、類似の内容の重複を避けようとする意図が働いているとも考えられる。と同時に、③技巧の希薄な「独詠歌」について言うと、現代の私たちからすれば、和泉式部のように心地よい調べとともに、心情を率直に表明したものを何となく良しとして受け入れるような感覚の方が理解しやすい。ところが、紫式部はそんな単純な詠み方は稚拙《ちせつ》なものであり、むしろ装飾された表現をもって詠むことが、優れたものなのだと考えていたフシがある。

和歌に対する紫式部の考え方を知る上で、竹内美千代氏は『源氏物語』帚木巻の雨夜の品定めにおいて、左馬頭《さまのかみ》に托した「批評の言葉」に注目している。

歌詠むと思へる人の、やがて歌にまつはれ、をかしき古言《ふること》をもはじめよりとりこみつつ、すさまじきをりをり詠みかけたるこそ、ものしきことなれ。返しせねば情なし。えせざらむ人ははしたなからん。さるべき節会など、五月の節に急ぎ参る朝《あした》、何のあやめも思ひしづめられぬにえならぬ根を引きかけ、九日の宴にまづ難《かた》き詩の心を思ひめぐらし暇《いとま》なきをりに、菊の露をかこちよせなどやうの、つきなき営みにあはせ、さならでも、おのづから、げに、後に思へば、をかしくもあはれにもあべかりけることの、そのをりにつきなく目にもとまらぬなどを、おしはからず詠み出でたる、なかなか心おくれて見ゆ。よろづのことに、などかはさても、とおぼゆるをりから、時々、思ひ分かぬばかりの心にては、よしばみ情だたざらむなむ目やすかるべき。

（帚木、第一巻八九〜九〇頁）

『源氏物語』における「古言」は、用例は省略するが二六例ある。おおむね和歌のことをいう。「とりこみつつ」とあるように、和歌は古歌を踏まえて詠まれるものであり、その意味で古歌はまさに「古言」である。竹内氏は、この条が「歌に対するというより、歌詠みと思っている人の態度を批判したものである」（傍点、廣田）という。そして「歌よみと自負する女性が、歌の作法など既成概念に捉われて、古歌や古詩などのゆかりのある詞を、さも知ったかぶりに歌の第一句から詠みこんで、相手の都合も考えず折に合わぬ時にやたらと詠みかけるのは、さぞ不愉快だと非難している」（傍点、廣田）と読む。このことから逆に「よい歌よみの態度を挙げると、相手のことや場所がらを考えて、折にふさわしいときに歌は贈るべきこと、きまりや常套語《じょうとう》に捉われることなく自由な態度でよむのがよい」と解釈している[31]。

この条は、紫式部が同時代の実在の誰かを予想して書いているかを想像させるような書きぶりにも見えるが、竹内氏の批評はまことに当を得たものである。同時に、紫式部の主張する理想的な歌の詠みぶり（と逆に全くだめな詠みぶり）がどのようなものであるかは、『源氏物語』において遺憾《いかん》なく発揮されている、(32)というべきであろう。帚木巻の本文の中で、特に傍点を付けた箇所に示されているように、常に歌は折節とかかわるものとして意識されている。この点こそ、『源氏物語』『紫式部集』『紫式部日記』の三者を貫いて共有されている考え方である。

さらに竹内氏は、『紫式部日記』の有名な批評を取り上げる。この日記の消息的部分と呼ばれている条に、同僚女房たちから始まって、同時代の女房に至るまで辛辣《しんらつ》な批評が並んでいる。その中で、

和泉式部といふ人こそ、おもしろう書きかはしける。されど、和泉はけしからぬかたこそあれ。うちとけて文はしり書きたるに、そのかたの才ある人、はかない言葉の、にほひも見え侍るめり。歌は、いとをかしきこと、ものおぼえ、うたのことわり、まことの歌よみざまにこそ侍らざめれ、口にまかせたることどもに、かならずをかしき一ふしの、目にとまるよみそへ侍り。それだに、人の詠みたらむ歌、難じことわりゐたらむは、いでやさまでは心得じ、口にいと歌の詠まるるなめりとぞ、見えたるすぢに侍るかし。はづかしげの歌よみとはおぼえ侍らず。

（『紫式部日記』七二頁）

という条がある。紫式部が人物としての和泉式部を「けしからぬかたにこそあれ」とあるところ、句点「。」を打たずに、読点「、」を打って、条件節にするほうがよいと思う。人物の言動について批評することは措き、和歌に限っていう、というふうに理解したい。それはともかく、竹内氏は、紫式部が、和泉式部は「口に任せて詠み上げた中に、必ず目にとまるおもしろい一ふしがあって、口をついて歌が詠めるたちの人、即ち天才肌の歌人」であるとしながら「こちらが恥しさをおぼえるほどの歌人だとは思われない」と述べていると理解する。そして、

和泉式部のような情熱的な天才歌人は、慎重な理論立った定石《じょうせき》通りの批評はしなかったであろう。従って古歌の学習や歌学の書にも通じた紫式部から見れば、「さまで心は得じ」と思うのはもっともである。(33)

と理解される。ここにいう、紫式部が読んでいたとされる「古歌の学習や歌学の書」とは、勅撰三代集を始めとして、藤原浜成の『歌経《かきょう》標式』(序跋によれば、宝亀三(七七二)年の成立か)や、藤原公任《きんとう》の『新撰髄脳』(成立年代は未詳)などのことであろう。(34) もちろん紫式部とて当時の著名な歌人たちと直接の交流もあるにちがいない。和泉式部の「口にまかせたることども」

の詠みぶりについて評価しつつ、「はづかしげの歌よみとはおぼえ侍らず」というのは、正述心緒の詠みぶりにはあまり評価を与えず、折節に寄せた寄物陳思の技巧こそ歌詠みの真骨頂《しんこっちょう》であると、紫式部は考えていたのだ、というふうに理解できる。久保木寿子氏が、歌人窪田空穂が和泉式部を「正述心緒の歌人」と評した（『和泉式部』百花文庫）ことを引きつつ、それは「二つの結果」だということ[35]は、実に興味深い。

いつも思うことだが、研究者の中でも、誰がすぐれた歌人なのかということについては、おそらく無意識に好き嫌いの気持ちが働いているのだろう。和泉式部の歌は、『紫式部集』や『紫式部日記』の研究の側から見るか、『和泉式部集』や『和泉式部日記』の研究の側から見るかで、その評価はずいぶん異なってくるように思う。同時に、そのことは、いずれの資質に魅力を感じるかという問題ともからんでいるにちがいない。

おわりに

近代短歌とは違い、古代和歌というものは不思議なもので、もちろん中世和歌とも違うものであり、よく分からないところがある。例えば、恋人同士がいて、手を伸ばせば届くような距離でありながら、男はあえて女に向かって歌を詠ずる。それに対して、女も男の歌に歌で応える。歌は消息に「書く」だけでなく、「詠む」と表現されたり、「誦《ずん》ず」とも表現されるから、声に出して歌うときには、音律や一定の曲節に乗せて詠じられたことが想像できる。逆に言えば、面と向かっていながら、あるいは手を触れていながら、なぜ普通の言葉だけで話さないのか。わざわざ三十一文字にする必要はあるのか。そのような場面で歌を詠むというのは、まるで儀礼のようである。現代とは違い、普段から隔てられている男・女が、いざ触れ合うような距離に至ったときには、もはや言葉などは不要であり、情愛のおもむくままに自らの身をゆだねるに違いないと思えるのだが、そんなときにもわざわざ歌を交わすというのは、やはりこれは、ひとつの挨拶なのである。儀礼のような、というよりも、まさに儀礼そのものなのだ。

ここで儀礼というのは、今のわれわれが悪口の引き合いに出すような、気持ちの籠《こも》らない形骸的で硬直した決まりごとをいうのではない。改まった場における（ときには身ぶりを伴う）改まった表現をいう。そのような歌は日常的なもの言いではなく、音数律を伴い、選ばれた言葉や飾られた言葉をもって整えられた表現である。少し気どった、少し改まった、言葉の駆け引きも含めて技巧的に装飾され、彫琢された表現である。

言うまでもなく平安時代の貴族社会では（あるいは、貴族社会を中心に）、和歌は日常的に詠じられたと考えられる。もちろん当時者同士の間で詠み交わすだけで、その場で消えてしまった歌は無数にあるだろう。しかし貴族たちは一日中、花や鳥だけを見てため息をつきながら、歌を詠じていたわけではない。なぜなら貴族の仕事は、祭祀や儀礼・儀式を執り行うことだったからである。現在にまで残っている歌は、儀式や行事、節季、参詣参拝、公私の挨拶など、折節に寄せて詠じられたものが思った以上に多い。したがって、男女の間で詠じられる歌は、和歌の形式をとることが、まさになお儀礼性を保っていたことを示している。逆に言うと、挨拶であれ、行事であれ、旅詠であれ、そして題詠であれ、儀礼性をもつゆえにこそ、歌は後世に残ることができたといえる。

挨拶であれば、基本的に歌は贈答の形をとるはずである。人が歌を詠じたときに、返歌がないというのは、そこにひとりしかいないという意味で、もとから独詠歌であるか、あるいは同席する人に応えてもらえない場合であろう。同席する人がいたとしても、返歌されないとすれば、詠じられた歌が、その場における人々の思いを余すところなく尽くしていて、加えるところがないからである。人が（ましてや、主《あるじ》が）歌をものしたのに無視するとなると、非礼にすぎる。歌を詠じたとき、そばにいた誰かが、これに応えて詠ずれば、贈答になる（なってしまう）のである。

それでは、そうして、いったん歌われた歌は、どのようにして後世に残るのか。ひとつは行事や儀礼にかかわる場合、そこでそのまま書きつけられ、記録される場合がある。いや、もともと歌われた歌ではなくて、書かれるべくして書かれた歌もある。もうひとつは、詠まれた場においてただちに記憶される場合である。美しい韻律や調べ、飾られた言葉の巧みさなどによって整えられた表現は、居合わせた人々によって反芻《はんすう》され、記憶されるであろう。記しとどめられることで、さらに名歌になるであろうし、それが記しとどめられるのは、名歌となって伝承されてからでもよい。

ただし、伝承ということを誤解されないでいただきたい。重要なことは、時代の人々に記憶され、共有されることである。そこでは文字化されるかどうかは、いずれでもよい。要するに、次世代に記憶が引き継がれることである。短詩型の和歌は、固定した詞章をもつ text としてひとつの完結性をもつ。さらに、その類型性ゆえに、形式にのっとりながら、表現の組み換えによって新たな表現が創り出される。説話や物語以上に、和歌は伝承である。

改めて『紫式部集』に戻して言えば、次のように纏めることができるだろう。私家集の歌を検討するとき、まず問われるべきことは、歌が個別に歌われた生成の場と、後の時期において編集される場との関係である。歌われた場における歌の意味や価値は、現存伝本から透かし見ることで推測するより他にない。一方、残されてある『紫式部集』はある意図のもとに編集されることにおいて作品 text としての完結性を有している。だから、現在形においては、詞書に即して歌を読むことが求められる。現在の詞書と歌の配列において、詞書と歌とは詠歌時点の自己の心境を記憶し、記録しようとするためにだけあるのではない、と考えられる。この二つの極、二つの視点をにらみ合わせながら考えて行く他はない。問題の出発点はそこにある。

注

はじめに

（1）例えば、俵万智氏は、紫式部が「自分自身の署名のもとに詠んだ歌よりも、作中人物として詠んだ歌」に「人物の状況と才能に応じて歌いわけるという技量」や「才能」があることを指摘している（『愛する源氏物語』文春文庫、二〇〇七年、一〇頁。初出、二〇〇三年）。なお、和泉式部について考える上で、比較的目に触れやすい文献は次のようなものである。

・寺田透『日本詩人選　和泉式部』筑摩書房、一九七一年。
・馬場あき子『和泉式部』美術公論社、一九八二年。
・山中裕『人物叢書　和泉式部』吉川弘文館、一九八四年。
・増田繁夫『冥き道　評伝和泉式部』世界思想社、一九八七年。
・竹内美千代「歌人紫式部」『紫式部集評釈』桜楓社、一九六九年。
・円地文子・鈴木一雄「和泉式部の歌」『全講和泉式部日記』至文堂、一九七〇年。
・秋山虔「鑑賞　紫式部の歌和泉式部の歌」『国文学』一九七八年七月。
・上村悦子『和泉式部の歌入門』笠間書院、一九九四年。
・久富木原玲「和泉式部と紫式部―和歌から物語へ―」後藤祥子編『王朝和歌を学ぶ人のために』世界思想社、一九九七年。
・久保木寿子『実存を見つめる　和泉式部』新典社、二〇〇〇年。

（2）藤原良経が建久三（一一九二）年に主催した歌合『六百番歌合』（冬上、一三番判詞）に見える藤原俊成の「源氏見ざる歌詠みは遺恨《ゐこん》事也」という言葉（久保田淳・山口秋穂校注『新日本古典文学大系』岩波書店、一九九八年、一八七頁）は有名であるが、同じ判詞《はんじ》の中で、山本利達氏は「紫式部が、中古三十六歌仙の一人に撰ばれ、勅撰集に五八首もとられているのに、『紫式部、歌よみの程よりは物書く筆は殊勝《しゆしよう》なり』という藤原俊成の評価のように、『源氏物語』の作者としての名声のみ高く、和泉式部や赤染衛門のように歌人として世に認められ、活躍する機会がなかったことを物語るのであろう」（「解説」『新潮日本古典集成　紫式部日記紫式部集』新潮社、一九八〇年、一九四頁）という。ここには、中世における紫式部の和歌に対する評価の一端を知りうる手がかりがある。

（3）清水文雄校訂『和泉式部集』岩波文庫、一九五六年。ちなみに、私の個人的な興味でいえば、『枕草子』第三一段には、「こころゆくもの」として「よる寝、おきてのむ水」という条がある（池田亀鑑校注『枕草子』岩波文庫、一九六二年、五三頁）。確かに、咽《のど》が渇いて目覚めた夜半に、咽越しで飲む水はおいしい。なるほどと思わせる、日常の切り取り方は実にうまいが、清少納言が夜起きていることに寄せて、苦しみや悲しみを『枕草子』の中で記した箇所は、あまり見られない。清少納言のこの感覚的な恍惚 ecstasy は、心情や内面を介在させていないところに特徴がある。

（4）和歌の表現によって紫式部と和泉式部との資質の違いを考えてみたことがある（廣田收「紫式部の表現」『『紫式部集』歌の場と表現』第二章、笠間書院、二〇一二年（近刊）。初出、一九七四年）。なお、久保木寿子氏によると、有名な八六番歌「黒髪の」も、単に奔放な情愛を歌ったといえるほど単純なものではない。久保木氏は「詠み出し以下、女の姿態はきわめて客観的な視点から外在的に捉えられて」いて「自己客体視」ともいうべき「詠者の独特の視座があるという（久保木寿子『実存を見つめる　和泉式部』新典社、二〇〇〇年、六一頁）。なお最近、高木和子氏は、この歌「寝る人を」について、「寝ている人とは、夫なのか。あるいは待つ人の来ぬ侘しさに独り耐えているのか」と問うておられる（『コレクション日本歌人選　和泉式部』笠間書院、二〇一一年）が、私は、なまなましい肉体を持つ夫の寝ている傍らの彼女の孤独と読む方が凄味があると思う。

（5）挨拶にも讃辞を基本とする形式ばった挨拶 **compliment** から、日常的な挨拶 **greeting** まで、層差はあろう。送別の辞は、アメリカ風には **farewell speech** というそうだが、それでは儀礼性が希薄に感じられる。

中国雲南の少数民族の生活について、数多くの記録映像や報告書によれば、妻問《つまど》いの歌垣のような儀礼はいうまでもないが、日常的に知人宅を訪問するときにも、門口で、まず歌の掛け合いをすることから訪問が始まる日常を見ると、生活の中のことごとくが歌のしかも掛け合いをなす、いわゆる歌掛きで溢れているさまこそ、日本古代の歌のありかたを考える手がかりとなるに違いない。

・佐々木高明編著『雲南の照葉樹林のもとで』日本放送出版協会、一九八四年。
・ＮＨＫ取材班『中国の秘境を行く　雲南・少数民族の天地』日本放送出版協会、一九八五年。
・丘桓興『中国の民俗をたずねて』東方書店、一九八九年。
・工藤隆『歌垣と神話をさかのぼる』新典社、一九九九年。
・曹咏梅『歌垣と東アジアの古代歌謡』笠間書院、二〇一一年、など。

（6）後藤祥子氏は『家集』は単に個人の集であることを超え、自他ともに許す『歌詠み』が子々孫々の文化遺産として、晴れがましい栄誉を担ったのである」という。そして、『貫之集』は『歌詠み』の自覚をもってみずからの歌集を編み残した」ものだという（「私家集の位置」『日本文学講座　9　詩歌Ⅰ（古典編）』大修館書店、一九八八年、一五八〜九頁）。また、今井源衛氏は、歌人としてまた「物語好み」としての伯父為頼の影響を指摘している（「紫式部の父系」『源氏物語講座』第六巻、有精堂、一九七一年）。

（7）　久保木寿子氏は、清水文雄氏が『和泉式部集』をA群〜J群に区分したことを受けて、重出歌が少なく、「独立性の強い（A）、（C）あるいは（D）の歌群」に対して、四四六〜六一五番のE2群が「後半ともまったく重出しない」ことをもって「固有名詞を示すなど事実性の強い四四五までの第一群が、先ずある段階でまとめられ、それ以降に詠まれた歌が集められたのがE2」の歌群であるという（久保木寿子『実存を見つめる　和泉式部』新典社、二〇〇〇年、二九頁）。

（8）　久保田孝夫・廣田收・横井孝編『紫式部集大成』笠間書院、二〇〇八年。

（9）　廣田收『『紫式部集』歌の場と表現』笠間書院、二〇一二年（近刊）。

（10）　京都市生涯総合学習センターにおける京都アスニー・ゴールデン・アカデミーの講演。

（11）　戦後、『紫式部集』を『源氏物語』研究と伝記研究のために、その全体におよんで考察を加えたのは、岡一男『源氏物語の基礎的研究』（東京堂、一九六六年）が最初であろう。紫式部の伝記資料の解説を簡潔にまとめたものとしては、萩谷朴「紫式部の生涯」『文芸読本　源氏物語』（河出書房新社、一九八一年）が便利である。また最近の忘れ難い論考は、平野由紀子「逸名家集考—紫式部没年に及ぶ—」『平安和歌研究』（風間書房、二〇〇八年）である。

(12) 同じ現象は、私家集だけでなく、日記文学の研究でも、『栄華物語』のような歴史物語でも、説話文学でも見られる。つまり、歴史から表現がいかに自立した text であることが保証されるか、という問いが必要である。

(13) この点は南波浩『紫式部集の研究　校異篇・伝本研究篇』(笠間書院、一九七二年)の「あとがき」にも触れられている。南波先生は、いずれの作品の伝本においても、非定家本が古態を残すと考えておられたフシがある。

逆にいえば、確かに紫式部その人の書いた家集そのものに向う場合には、より古代性、古態性を残す伝本を古本系として評価することは無理のないことであるが、流布本系伝本はさまざまに付加改変されて行くことにおいて、(実在の紫式部とは別であるが、)より明確に紫式部像を形成して行くというふうに捉えることもできる。流布本の形成過程は、無責任さの増幅、作品の拡散、解体なのではなく、より積極的に類型性が獲得されるのだというふうに考えられるからである。その場合には、古本系がより純粋で、流布本系がより雑駁《ざっぱく》化し混濁しているというふうにとる必要はない。ただ、せっかちな私は、ひとまず日記と家集と並行させて『源氏物語』を読む必要があると思うだけである。

(14) 『紫式部集』の歌で『源氏物語』の歌と類似したものはすぐに見つけることができる。しかしそのことでもって、すぐ無媒介に物語の成立や影響を云々することは性急すぎる。その意味で特に印象深い論文は次のとおり。

・今井源衛「源氏物語と紫式部集」『文学』一九六七年五月。

・鬼束隆昭「朝顔と夕顔―宣孝関係の紫式部歌と源氏物語―」『日本文学』一九七三年一〇月。

・中島あや子「源氏物語巻人々の執筆年時推論」『源氏物語の構築と人物造型』笠間書院、二〇〇四年。

1節　冒頭歌群

（1）本書において考察の対象とした『紫式部集』の本文は、陽明文庫本の翻刻（久保田孝夫・廣田收・横井孝編『紫式部集大成』（笠間書院、二〇〇八年）に掲載）によるが、読みやすくするために、一部表記を整えたところがある。なお、本文として手に入れやすいものは、簡便なものでは、校訂本文であるが南波浩校注『紫式部集』（岩波文庫、一九七三年）、また以下は陽明文庫本を底本とするもので、山本利達校注『新潮日本古典集成　紫式部日記・紫式部集』（新潮社、一九八五年）、伊藤博校注『新日本古典文学大系　紫式部日記付紫式部集』（岩波書店、一九八九年）、上原作和・廣田收編『紫式部と和歌の世界　一冊で読む紫式部歌集（新訂版）』（武蔵野書院、二〇一二年）などを参照されたい。また『紫式部集』がどのような家集であるのかを、簡潔に解説した文章は、南波浩「解説」『紫式部集』（岩波文庫）、後藤祥子「紫式部集」（『国文学』一九九五年二月）などが意を尽くしている。

（2）私は「童友達」が実在のどのような人物かを特定することに、あまり意味を持たせていない。また、『紫式部集』の表現と比較するのに、勅撰集『千載和歌集』離別歌、四七八番、には、

遠き所にまかりける人のまうで来て、暁《あかつき》帰りけるに、九月尽くる日、虫の音哀なりければ、

紫式部

なき弱る籬の虫もとめがたき秋の別やかなしかるらむ

とある。撰者である藤原俊成の理解では、この歌は、地方官に赴任して任期を終え再び帰京した人と、紫式部が贈答を交したことになる。また紫式部以前に用例のないことから見ても、「籬の虫」という表現は紫式部の発明したものだと思う。

ちなみに、以前、工藤重矩氏は「童友達」は幼馴染ではなく、女童《めのわらわ》として勤めたときの友達という意味ではないかと（その後、活字にまとめられたかどうかはわからないが、）発言されたことがある。時代は少し下るが、『清輔集』二六三九四番歌に、

わらは友達の受領になりて下るに馬の餞すとて、
二葉より花咲くまでにみなれ木の世年の春や霞隔てむ

に「わらはともだち」の用例があることがすでに知られている。『清輔集』は総歌数は四四四首、清輔（一一〇四年〜七七年）最晩年の自撰家集である。例えば、この用例をどう理解するかによって、少し論は変わってくるだろう。紫式部の宮仕えについては、坂本共展氏の説かれるように、彰子のもとへの出仕以前に、昌子内親王や倫子のもとに出仕した経験があった（本書6節注（1））として、それを童友達と呼ぶことがあったとしても、私の立論での重要な点は、冒頭歌が成人式に対応していることを指摘するだけでよい。

（3）　光源氏が紀伊邸の空蟬を垣間見し、その寝所に侵入し空蟬と契った後、暗闇の中の光源氏との密事を「ほのかなりし御けはひありさま」（新編全集、一巻一〇九頁）と空蟬が思い出しているが、この場合は、ぼんやりした印象や曖昧《あいまい》な記憶のことである。一方、「大人になり給ひて後は、ありしやうに、御簾《みす》の内にも入れたまはず」「ほのかなる御声をなぐさめにて」（一巻四九頁）とあるように、若

き日の光源氏が藤壺と常に物越しでしか接し得なかったという事例がある。

（4）南波浩『紫式部集の研究　校異篇・伝本研究篇』笠間書院、一九七二年。

（5）陽明文庫本が形態的に古態を伝える可能性についてはすでに触れたことがある（注（1）「陽明文庫本解題」『紫式部集大成』）が、横井孝氏は実践女子大学本が鎌倉時代に遡及しうる可能性と、陽明文庫本が禁裏本へと辿りうる可能性とを示唆する発言をしている。最近では久保木哲夫氏が、陽明文庫本『紫式部集』が、禁裏本に戻りうる可能性について言及されている（「陽明文庫本紫式部集の素性」『特別展示近衛家陽明文庫（図録）』国文学研究資料館、二〇一一年）。

（6）岩波文庫は、底本が実践女子大学本ということもあるが、校訂本としても「月影」を採る。しかしそれが古態かどうかは別のことである。

（7）廣田收「『源氏物語』独詠歌考」『同志社大学　人文学』第一八八号、二〇一一年一一月。従来、『源氏物語』の和歌は、詠者の人数によって贈答歌（ふたり）・唱和歌（三人以上）・独詠歌（ひとり）というふうに分類されてきた（小町谷照彦『源氏物語　歌ことば表現』東京大学出版会、一九八四年）。私は、基本的に歌が呼びかけであり、これに応えるところに贈答・唱和が成り立つと考える。そこで私は、御互いが離れていて消息などを介して行われる歌のやりとりを贈答、同じ場所で詠み交わすやりとりを唱和と捉える方が合理的だと考える。そのとき、歌われた歌が傍らに応じる人がいない場合や、歌われた歌に傍《かたわ》らの人が満たされたがゆえに、あえて応《こた》える必要のない場合に、結果的にひとり残される歌が独詠歌であると考えている。つまり、古代における独詠歌を、みずからの内面に向けた（近代的な意味での）独白 **monologue** とは捉えない。

（8）かつて私が疑問に思ったことは、『源氏物語』において光源氏が須磨に下向するときに、何人もの人に繰り返し歌を詠み交す場面があることはなぜかということである。これは物語の叙述法の特性を示すものである（廣田收「第八講『源氏物語』②物語とは何か」『講義　日本物語文学小史』金壽堂出版、二〇〇九年）が、離別歌の場は同じ相手に対しても一度きりではなく、倦《う》むことなく何度も持たれたというふうに考える方がよいであろう。

なお、マック・ピーター氏は、歌「めぐり逢ひて」を、Was it you that I met after all this time? と、疑問形に日本語訳している（佐々田雅子訳『英詩訳・百人一首香り立つやまとごころ』集英社、二〇〇九年、一一六頁）が、これは実に鋭い理解である。

（9）厳密に言えば、宮内庁書陵部蔵乙本（第二類、也足本）には「よはの月かけ」とあり（竹内美千代『紫式部集評釈』桜楓社、一九六九年）、古本系の伝本にも「月かな」と「月かけ」とは混在する。

以下、歌集の引用は原則として『国歌大観』による。なお、最近では『国歌大観』は『新編国歌大観』の書籍版だけでなく、データ・ベースで検索することが一般的であるが、周りから冷笑されながら、私は今だに昔ながらの松下大三郎・渡邊久雄編の旧版（角川書店、一九五一年）を頑固《がんこ》にも愛用している。確かに、この旧版は本文が疑わしいともいわれ、索引も誤りが多いが、読むのには適している。私は大学院生時代、中世和歌の研究者として高名であった京都女子大学の谷山茂先生の御講義を受けた折、愚かにも、先生に「『国歌大観』の総索引はないのですか」と尋ねて「そんなものがあったら、君たちは『国歌大観』を読まないだろ」と御叱りを受けた記憶がある。確かに索引は便利だが、必要な箇所しか見ないことに陥りやすい。

（10）土橋寛氏は古代歌謡研究には、「うた」の「生態学的研究」と「うた」の「構造の解剖学的な研究」が重要であるとして、（1）歌の場とその社会的性格、（2）歌の社会的機能、（3）歌い手と聞き手の関係、（4）歌の制作、表現の様式、（5）歌の唱謡法、（6）歌の曲節、（7）歌詞の性格、（8）歌謡の時代的不変性と特殊性、などを挙げ、これをもって「民謡」「芸謡」「抒情詩（創作歌）」との区別を求めている（『古代歌謡論』三一書房、一九六〇年、二一頁）。また、土橋寛氏は「歌われるということ」は「歌い手と聞き手とを含む何らかの具体的な場があること」であり、「歌の場の性格」によって「集団的な民謡と専門的・職業的な芸謡との間に、歌の性格の相違を生ぜしめている」という（「研究の目的・資料・方法」『古代歌謡の世界』塙書房、一九六八年、一三頁）。私はこのような歌謡研究法を、和歌を対象とする研究法にも援用して、歌の生態を歌の内容からだけではなく、場から捉える方法の有効性に賭けたい、と考える。

（11）鈴木日出男『古代和歌史論』東京大学出版会、一九九〇年、四四〇頁。

（12）例えば、古本系でも京都大学本系の三本には暦日《れきじつ》にかかわる記述がなく、版本の別本は『新古今和歌集』の影響のもとに「七月十日」とある（『紫式部集の研究　校異篇・伝本研究篇』五頁）。例えば、『源氏物語』の用例では、月齢の他に十日単位の暦日意識として、例えば次のようなものがある。

・九月二十日のほどにぞおこたりはてたまひて、（夕顔、一巻一八三頁）

・朱雀院の行幸は神無月の十日あまりなり。（紅葉賀、一巻三一一頁）

・二月二十日あまり、去《い》にし年、京を別れし時、心苦しかりし人々の御ありさまなどいと恋しく、南殿《なでん》の桜は盛りになりぬらん、（須磨、二巻二一二頁）

（13）　廣田收「紫式部の表現」（本書「はじめに」注（4））、初出『同志社国文学』第九号、一九七四年三月。私家集の中には、冒頭歌が春のものでない事例もいくらか見られるが、秋と離別とを重ねた事例は『紫式部集』だけである。
（14）　以下歌集の本文は『新編国歌大観』第三巻、一九八五年、による。また、『重之集』は目加田さくを『重之集全釈』風間書房、一九八八年、を参照し、私に表記を整えた。『続（旧）国歌大観』、一九七七六番歌、一六五八六番歌。
（15）　平安文学輪読会編『長能集注釈』塙書房、一九八九年、を参照した。『続（旧）国歌大観』、二三五六六番歌。
（16）　同『長能集注釈』。
（17）　木村正中『『紫式部集』冒頭歌の意義」南波浩編『王朝物語とその周辺』笠間書院、一九八二年。
（18）　『紫式部集』離別歌としての冒頭歌と二番歌」『同志社大学　人文学』第一八七号、二〇一一年一一月。この問題を考える上で、駒木敏「言挙げと言忌み」（『同志社国文学』第一一号、一九七五年）は、実に示唆的である。
（19）　以下、『源氏物語』の本文は原則として、『新編日本古典文学全集　源氏物語』（小学館、一九九五年）に拠る。第二巻四〇三～四頁。
（20）　1節「離別歌としての歌『めぐり逢ひて』」の項、参照。
（21）　佐佐木信綱編『萬葉集』上巻、岩波文庫、一九二七年、九五・一四一・一四五・一四八～九頁。
（22）　廣田收『紫式部集』冒頭歌考」『人文学』第一八八号、二〇一一年三月。

(23) 例えば、山本淳子氏は『紫式部集』の冒頭以降の歌群において、「登場人物の状況と紹介」から「二人の日々を点描」するという「展開が私達読者に感じさせるのは、多分に『物語』的な気配である」として、「登場人物がいて、ストーリーがあり、それが作者から読者に向かって少しずつ明かされていく」「文芸」の「方法」について論じている（「紫式部集の方法」『紫式部集論』和泉書院、二〇〇五年、六〜七頁）。私とは「物語」の捉え方が異なる。

(24) 諸説については、注（1）『紫式部と和歌の世界　一冊で読む紫式部家集（新訂版）』参照。昌子内親王に仕えた童女か（与謝野晶子「新考」）、橘為義女（岡一男『基礎』）、平維将女（角田文衛『時代』）、平維時女（岡一男『講座』）など、実在の人物名が指摘されているが、冒頭歌の表現の意味するところは、そのような現実の次元を超えている。

(25) 巻末に和歌で締め括《くく》る事例には、和歌の後ろにいくらか会話や草子地などが付加されるような程度の差はあるが、和歌で巻が閉じられると判断できる事例が、およそ、二二例に及ぶ。それらは帚木、**空蟬**、夕顔、**末摘花**、紅葉賀、**花宴**、**葵**、明石、薄雲、**朝顔**、**玉鬘**、常夏、藤袴、**真木柱**、**梅枝**、**藤裏葉**、**若菜上**、**幻**、橋姫、**宿木**、東屋、**蜻蛉**の巻々である。特に、**太字**で示したものは、その顕著な事例であるが、その中でも空蟬巻は、和歌そのものを末尾に置くだけで、巻が閉じられることにおいて注目できる。

(26) 廣田收「『伊勢物語』の方法」『日本文学』一九九一年五月。

(27) 南波浩『紫式部集全評釈』（一九八三年、一八三〜四頁、五〇七〜八頁、五七一頁など）に、その一端が示唆的に記されている。

（28）　北山円正『源氏物語』の九月尽―光源氏と空蟬の別れ―」『白易居研究年報』第八号、二〇〇七年九月。北山氏は「白易居が詠み始めた、三月尽日における惜春の情」の「日本における展開」として九月尽日にも拡大されたことを説く。歌を詠む機会として年中行事化されたことを指摘している。詠歌の折節については、久保木哲夫『折の文学　平安和歌文学論』（笠間書院、二〇〇七年）参照。また節季に触れて論じた考察に、安藤重和「紫式部集の節月意識をめぐって―「女院かくれさせたまへるはる」を中心に―」（『愛知教育大学　日本文化論叢』創刊号、一九九三年三月）、同「「こよみにはつゆきふるとかきたる日」をめぐって―紫式部集試論―」（同、第一五号、二〇〇七年月）、藤本勝義「紫式部の越前下向をめぐっての考察」『青山学院女子短期大学　総合文化研究所年報』（第二号、一九九四年一二月）、同「紫式部の見た暦―長徳二年具注暦をめぐって―」『青山学院女子大学紀要』（第五〇輯、一九九六年一二月）などが興味深い。

（29）　南波浩『紫式部集全評釈』笠間書院、一九八三年、二五～六頁。

（30）　紫上は若菜上巻にも、正述心緒の歌を詠んでおり、これは彼女の歌の特徴といえるかもしれない。

①　命こそ絶ゆとも絶えめ定めなき世の常ならぬ仲の契りを　（光源氏）
　目に近くうつればかはる世の中を行末遠く頼みけるかな　（紫上）

②　そむきにしこの世に残る心こそ入る山道のほだしなりけれ　（朱雀院）
　背く世のうしろめたくはさり難きほだしを強ひてかけな離れそ　（紫上）

①は、光源氏が女三宮を正妻として待遇せざるをえない苦渋を踏まえ、紫上に対する情愛を率直に詠んだのに対して、紫上もまた光源氏に対する信頼を率直に詠んでいる。②は、出家しながら娘女三宮

に対する「心の闇」、恩愛の罪に翻弄される朱雀院に対して、できないなら無理に出離することはない、と和歌であるから許されるようなものだが、非礼とさえ感じられるほどに率直に心情を詠みかけたものである。

（31）『千載和歌集』（巻一六、雑上、九七四番）は、

上東門院に侍りけるを、里に出でたりけるころ、女房の、せうそこのついでに、「箏つたへにまうでむ」といひて侍りければ、つかはしける

とあり、出仕期の歌と捉えている。また友人の女房が箏を紫式部に教える関係になっている。この歌について、久保朝孝氏は、紫式部の娘時代の歌であり、為時の失意の頃とみる（「紫式部集の歌一首」樋口芳麻呂編『王朝和歌と史的展開』笠間書院、一九九七年）。なお『本朝麗藻』「閑居部」の漢詩「門閑天〻謁客〻」は『群書類従』第八輯（群書類従完成会、一九三二年、五九九頁）に拠る。

（32）阿部俊子校注『日本古典文学大系　大和物語』岩波書店、一九五七年、三四六頁・三五一〜二頁。なお一部、表記を整えたところがある。

（33）川口久雄校注『日本古典文学大系　蜻蛉日記』岩波書店、一九五七年、一八二頁。なお一部、表記を整えた箇所がある。

（34）『古今和歌集』には秋の虫として、「きりぎりす」（一九六番、一九八番、三八五番、四三二番）、「松虫」（二〇三番）、「松虫の声」（二〇一番）、「松虫の音」（二〇〇番）、「虫」（一九九番、五八一番）、「野辺の虫」（四五一番）、「虫の声」（二〇一番）、「鳴く虫」（一九七番）などの事例がある。

（35）上原作和・廣田收編『紫式部と和歌の世界　一冊で読む紫式部集（新訂版）』武蔵野書院、二〇一

二年、補注(3)、一〇三頁。
(36) 注(33)に同じ、一四七頁。
(37) 原田敦子「紫女絶絃」南波浩編『紫式部の方法』笠間書院、二〇〇二年、四一九~二〇頁。同題、『平安文学研究』第六九号、一九八三年七月。なお『列子』は、小林信明『新釈漢文大系 列子』(明治書院、一九六七年、二四七~九頁)、『呂氏春秋』は、『国訳漢文大成 経子史部』(国民文庫刊行会、一九二四年、二二六~八頁)を参照。
(38) 最近、古典文学をめぐる音楽研究は急速に進展している。とりわけ磯水絵氏の音楽に関する研究は重要である。その他、遠藤徹、スティーブ・ネルソン、上原作和などの諸氏の業績は忘れがたい。ただ、私は、音楽の研究が、最終的に古典の読みに戻ってくるところが肝要であると思う。音楽への深い理解が、従来の注釈を書き直す事例として、関河眞克『『源氏物語』頭中将の笛と和琴」『同志社国文学』(第七三号、二〇一〇年一二月)、同「『源氏物語』の雅楽演奏—楽理からのアプローチ—」『古代文学研究』(第二〇号、二〇一一年一〇月)、同「源氏物語の音楽についての研究—琴と笛の演奏場面を中心として—」(修士論文、同志社大学大学院文学研究科、二〇一一年一二月提出)などを挙げておきたい。
(39) 原田敦子、注(37)に同じ。
(40) 小泉弘校注『新日本古典文学大系 宝物集』岩波書店、一九九三年、一一二頁。

2節 『紫式部集』の歌群配列

（1） 南波浩『紫式部集の研究　校異篇・伝本研究篇』笠間書院、一九七二年。なお、作品という場合にも、従来のように作者と作品と対立的に捉えるよりも、text を（言葉によって捉えられた）本文と規定しておきたい。ちなみに、南波先生は日本の古典を考える上で、貫之と定家、この二人が問題だ。特に定家は単に書写するだけでなく、自分の考えで手を加えているから、功罪あい半ばする、というのが口ぐせだった。

さて、南波氏は、陽明文庫本を最善本とする古本系が「古形」を残す根拠として、七点を挙げている（南波浩編『陽明文庫本　紫式部集』（笠間影印叢刊）笠間書院、解題、一九七二年）。今、その内容を私に要約すると、

1　古本系は、定家本系の多くに欠落している、歌「ゆきめぐり」・歌「三尾の海に」・歌「いそがくれ」・歌「かきくもり」の四首をもつこと。

2　古本系は、定家本系の多くに欠落している、歌「しりぬらむ」の詞書の冒頭文「塩津山といふ道のいとしげきを」をもち、そこに明確な地名をふくむこと。

3　古本系は、歌「誰が里の」の次に、定家本系の多くがもたない詞書と注記をもつこと。定家本系は、この詞書と注記を削除したと考えられること。

4　古本系は、定家本系の多くに欠落している歌「をりからを」をもつこと。

5　古本系は、歌「消えぬ間の」の詞書に「おなじ所にたてまつるとて」とあるが、定家本系では前歌の「をりからを」が欠落しているので、歌「消えぬ間の」の詞書を「人のもとへやるとて」と改めたと考えられること。

6　歌「わするるは」の次は、定家本系では「かへし、たが里も」とあるが、「たが里も」はその返歌ではない。古本系は、歌「わするるは」の次は返歌の破損を注記していること。

7　古本系の歌「いどむ人」の左注の「ごらんとまりにけり」は、定家本系では「ごらんとどまりにけり」とあり、『源氏物語』の用例では中止を「とまりにけり」と表現することから、「とまりにけり」が古態であると考えられること。

というものである。いずれも陽明文庫本に代表される古本系が古態を残し、定家本系が改訂された本文であることを推測させる根拠となっている。

陽明文庫本が古態を残している可能性は、文法や文体の点から難のある表現を保存していることがうかがわれる。言い換えれば、違和感を与える表現を合理的な本文に改めず、そのまま残していることである。例えば、次のような箇所を挙げることができる。なお歌番号は、陽明文庫蔵本による。

秋のはつる日きてあるあかつきにむしの声あはれなり　（二番、詞書）
やよひのついたちかはらにいてたるかたはらなる車に　（一四番、詞書）
かたみにあひてなにかゝはりおもひ思はむといひけり　（一五番、詞書）
又いそのはまにつるのこゑ〳〵にを　（二一番、詞書）
ふりつみみていとむつかしきゆきをかきすてゝ　（二六番、詞書）
返ことかゝしとことはにそのみいひやりけれは　（三二番、詞書）
みしまかくれしをしのこのあとをみる〳〵まととはるかな　（四二番、歌）
思ひいてたるなりし思に物のけのつきたる女の　（四四番、詞書）

土御門院にてやり水のうへなるわたとの〻すのこにゐて　（六一番、詞書）

歎きあかせはしの〻めのほからにたに夢を見ぬかな　（一〇三番、歌）

さとにてはいまねなましさもときくつのしけさかな　（日記歌、一二番、詞書）

これらには単純な誤写も含まれていようが、このような本文の状態は、内容を考えずに書写したというよりは、それが訂されることなく、元の表現そのまま本文として伝えられていると思われる。例えば、われわれから見ると、「土御門院」という表現には違和感をもつが、すでに事例のあることが知られている。表現は認識であるから、その意味で、急いで校定本文を作ることはできれば避けたい。

一方、陽明文庫蔵本の本文には、幾つかの「見せ消ち」や補入がある。それらを単純化して、訂正された表現を〔　〕で示すと次のようである。〔　〕を記していないものは、見せ消ちを指示しながら、訂する文字を傍書していないものである。

にしの〔へ〕行月のたよりに　陽明文庫本　七番歌

とちたるころの水草〔くき〕は　一一番歌

思〔ゑ〕に梅花みるとて　四六番歌詞書

かすならぬ〔て〕心に身をは　五五番歌

みにしたかふは心〔涙〕なりけり　同

我みかくれに・〔ぬれ〕わたりつ〻　六〇番歌

いかなるかたの〔に〕た〻くくひなそ　六七番歌

さしめくる程をかしく見ゆれは　六八番歌詞書

なに〳〵かく・｜〔か〕れ行野へに　八七番歌
岩まの氷うちとけて｜〔は〕をたえの水も　九二番歌
あした｜山よりもこの殿の　日記歌（1）番歌

前に見たように、一方で違和感を抱かせる表現がそのまま残されていることと併せて考えると、書写の後に加える校訂が徹底していなかったことを証明しているようにも見える。むしろ親本の本文の様態を意識的に変えず、痕跡を残して伝えているところに、陽明文庫蔵本の姿勢がある。これらの事実は、実践女子大学蔵本が書入れや傍書を持たないことと対照的であるといえる。

なお第二類が「紫式部自撰の原型に近く、それを基礎に据え藤原定家が増補改編を行ったのが、第一類本系歌集である」とする意見がある（河内山清彦『紫式部集・紫式部日記の研究』桜楓社、一九八〇年）。単純化すれば、私はこの河内山氏の仮説に対してほぼ同じ方向で考えている。また、同様の方向で論を立てる佐藤和喜「紫式部の和歌と散文」（『平安和歌文学表現論』有精堂、一九九三年）を、私はおおむね支持する。

（2）最近では後者の説をとる立場が多いかもしれない。久保木寿子「紫式部集の増補について（上）」『国文学研究』第六一集、一九七七年三月。あるいは、定家本にも古態性を見る可能性があるのかないのか、なお議論の余地はあろう。

（3）詳細は、南波浩校注『紫式部集』（岩波文庫）、もしくは廣田收『『紫式部集』陽明文庫本・実践女子大学本　対照表』『紫式部と和歌の世界　一冊で読む紫式部歌集（新訂版）』（武蔵野書院、二〇一二年）などを参照されたい。古本系と流布本系とで大きく異なるのは、歌数と配列とである。流布本系の代表である実践女子大学本は一二六首、古本系の代表である陽明文庫本は一一四首に加えて、「日記歌」一七首を付載している。単純に見れば、歌数の少ない方が、より古い姿を残している可能性が高い。両系統の形態的な違いは、複雑な成立、伝写の経過が含まれているであろうが、今は各伝本の最終形における本文のありかたをもって考察を始めたい。陽明文庫本を底本とすることで、定家本を相対化することができればおもしろい。

なお、清水好子氏は、必ずしも『紫式部集』の全てを自撰とみるに疑わしいこと、編纂を紫式部の最晩年ではなく「活発な創作の時期とあまりはなれていないころ」という（『関西大学　国文学』第四六号、一九七二年）。また、久保木寿子氏は、いわゆる古本系の「二類本を原形態に近いとまでは断定できないが、少なくとも最善本とされる一類本実践女子大学蔵本について、三次に渡る増補が指摘できる」という（「紫式部集の増補について（上）」『国文学研究』第六一集、一九七七年三月）、そしてさらに、その「増補歌」が合計二三首存在することを指摘する（「紫式部集の構成と主題」『和歌文学研究』第三七号、一九七七年九月）。その一々の妥当性の議論は、今措《お》くとしても、これらの問題提起は重要である。

ちなみに、越前行の旅中詠について、歌群が歌集の中で前後に分かれて置かれていることをどう見るかについては、ここではひとまず錯簡かとする考えに従っておくことにした。また、本書では離別歌群というふうに一括しておくことにするが、一三番歌・一四番歌のように離別歌とはいえない歌も含まれている。しかしながら、これらを含めてもなお、緩やかに歌群をなしているといえるだろう。

（4）『紫式部集』の歌数については、南波氏の説のように歌数が少なく、厳選された家集であるということが指摘されてきた（岩波文庫『紫式部集』解説、『紫式部集全評釈』解説）が、歌数だけでいうと確かに、『和泉式部集』や『赤染衛門集』に比べて少ないといえる。『私家集大成』（和歌史研究会編、中古Ⅱ、明治書院、一九七五年）によれば『和泉式部集』は、

Ⅰ　榊原家本『正集』　八九三首
Ⅱ　榊原家本『続集』　六四七首
Ⅲ　未刊稀覯本叢書　一五〇首
Ⅳ　静嘉堂文庫本　七三首

という伝本がある。重出歌を考慮せずに、正集・続集を単純に合計すると、一五四〇首の分量となる。また『赤染衛門集』は、同じく『私家集大成』によれば、

Ⅰ　榊原家本　六一四首
Ⅱ　榊原家本『続集』　四一六首

というふうに、これも大きな分量である。しかしながら、例えば二〇〇九年に上野と京都で開催された冷泉家展「冷泉家王朝の和歌守展」に展示された、その他の私家集を概観すると、いずれも『紫式部集』よりも少ない分量のものも多いから、歌数だけで『紫式部集』の特質を云々できない。むしろ家集の編纂原理、本文としての統一的な原理を論ずる必要がある。

（5）　早くから、『紫式部集』の歌群については、例えば、岡一男氏は、「少女時代」「結婚生活」「寡居生活」「宮廷生活」「晩年の生活」と分割して捉えている（岡一男『源氏物語の基礎的研究』東京堂、一九六六年）。また清水好子氏は、「娘時代」「旅」「結婚」「宮仕え」というふうに分割している（清水

好子『紫式部』岩波書店、一九七三年)。このような分けかたは、あえて異を立てるまでもないことで、おそらく主題的に歌群を編んだ、この家集の歌群のありかたそのものから、自然発生的に生じたものと考えられる。

(6) 書写形態上で注目される点の一は、和歌の欠落に関する注記である。陽明文庫蔵本における注記は次のようである。

(記事) (位置)

① かへし 一七番の和歌「難波かた」の返歌。

② さしあはせて物思はしけなりときく人をひとにつたへてとふらひける 本にやれてかたなしと 五一番の和歌「たか里の」の次歌。

(一行空白)

③ 返し 哥本になし 五七番の和歌「憂きこと」の返歌。

④ 返し やれてなし 六二番の和歌「わするるは」の返歌。

特に、和歌欠落の注記のうち、②だけがわざわざ一行空白にしていることが注目される。これは何を意味するのか。②は左注かもしれないが、他が続けて次の詞書を記しているから、②の欠落は他に比べて大きな脱落、錯簡の可能性を記憶しているとも考えられる。

いうまでもなく、定家本系と古本系の和歌の配列は、五一番までが共有されている。そうするとまず、①は、実践女子大学本と、ともに歌を欠いているから、伝本が両系統に分かれる以前に生じた傷と見られる。この箇所は、実践女子大学蔵本は、二行分を空白にする。こちらは和歌を二行書きにするので、和歌一首分の空白を示す。陽明文庫蔵本は、①の「かへし」が三丁オの末尾にあるので、めくって三丁ウから書写を続けるときに、和歌を飛ばしてしまった可能性もある。陽明文庫蔵本は②では「一行空白」の処置をとっているのに、③④では「返し」の和歌が脱落していると知りつつ、空白を置かずに詰めて、それぞれ「哥本になし」「やれてなし」と注記している。つまり、定家本系に比べて陽明文庫本は、和歌の欠落の処置が整っていない印象がある。そのことは逆に、陽明文庫本が古態性を残していることを示すものかもしれない。

（7）『紫式部集』の校定本文の問題については、近刊『紫式部集』歌の場と表現』（第四章「『紫式部集』の研究史」笠間書院、二〇一二年）に少しばかり触れたことがある。

（8）家集を物語として読むという提案は、いささか唐突かもしれないが、『紫式部集』は『源氏物語』の作者の家集であることを考えると、そう突拍子もないアイデアではないだろう。

今から四〇年も前、私の大学院時代に、『新古今和歌集』を講義された谷山茂先生はあるとき、「君たち、本当は『新古今和歌集』を研究するだけでは駄目で、一方の『平家物語』のような軍記を論じて初めて、中世文学というものを全体として捉えることができるのだ」と説かれた。まだ何もわからないでいた若造の私は、あの谷山先生がなんと壮大なスケールで考えておられるのかを知り、大変驚いたことがある。ただちに答えが出なくとも、大きな問いを抱え続けることが必要だと説かれたのだと、今になって思う。

（9）竹内美千代『紫式部集評釈』桜楓社、一九六九年、四七頁。類聚性は、時間的、論理的な構成であるよりも、対照的、連想的な配置、配列的な原理とも呼ぶべきものであり、同様の現象は、物語の場面相互の関係にも見える。

3節　離別歌群

（1）私はいつも思うのだが、江戸時代に伊能忠敬（延享二（一七四五）年〜文政元（一八一八）年）が、日本全土を測量して地図「大日本沿海輿地全図」を製作したことはよく知られているが、それ以前、古代において人々が一般に思い描いていたであろう日本の国土像というものは、おそらく『故実叢書拾芥抄《しゅうがい》』の付図に載っている、いわゆる「行基図《ぎょうき》」のようなものであったと考えられる。また逢坂の関を越えれば、東山道でありもはや東国であると意識されていたであろうから、紫式部の旅も古代の世界像・宇宙像のもとに考えておく必要がある。

（2）松下大三郎・渡辺久雄編『（旧編）国歌大観』（角川書店、一九五八年）に拠る。以下、特に記さないかぎり、歌集はこれに拠る。

（3）南波浩『紫式部集全評釈』笠間書院、一九八三年、五九〜六〇頁。

（4）岡一男『源氏物語の基礎的研究』（東京堂、一九六六年）、角田文衛『紫式部とその時代』（角川書店、一九六六年）など。

（5）歴史考証的な研究の代表的なものに次のような論考がある。

・角田文衛「越路の紫式部」『紫式部とその時代』角川書店、一九六六年。

・岡一男「紫式部新考」『古典における伝統と葛藤』笠間書院、一九七八年。

・藤本勝義「紫式部の越前下向をめぐっての考察」『青山学院女子短期大学　総合文化研究所年報』

第二号、一九九四年一二月。
・原田敦子「立ち居につけて都恋しも―紫式部の旅路」『紫式部日記紫式部集論考』笠間書院、二〇〇六年。
なお、越前との往還をめぐる問題についての総括的な考察は、久保田孝夫「紫式部　越前への旅」『紫式部集大成』（笠間書院、二〇〇八年）に譲りたい。また主題的な考察に、山本淳子「心の旅―『紫式部集』旅詠五首の配列―」（『日本文学』一九九六年一二月）があるが、私の切り口とは異なる。

（6）南波浩『紫式部集の研究　校異篇・伝本研究篇』笠間書院、一九七二年、二二五頁。この欠落は、二三番歌の詞書と歌との単独の問題ではなく、書陵部蔵三条西家本では、一九〜二三番歌にわたる（おそらく枡型本で一丁表裏程度の）物理的な脱落が予想される。他の箇所でも触れたが、『紫式部集』では詞書がすべてを説明してしまう傾向があるので、歌が種明かしするような構成は『紫式部集』本来のものとは考えにくい。

（7）鈴木知太郎校注『日本古典文学大系　土佐日記』岩波書店、一九五七年、四三頁。

（8）同、四三頁。

（9）品川和子全訳注『土佐日記』講談社学術文庫、一九八三年、一一五頁。

（10）関根慶子他『赤染衛門集全註釈』風間書房、一九八六年、二一八頁。

（11）土橋寛『古代歌謡論』第八章、三一書房、一九六〇年。

（12）『萬葉集』における類句表現について、土橋氏は、

風をいたみいたぶる浪の間なく吾《あ》が念《おも》ふ君は相念ふらむか　（巻一〇、二七三六番）

庭浄《きよ》み沖へ漕ぎ出《い》づる海人舟の梶取る間無き恋もするかも　（巻一一、二七四六番）

などを挙げて、いずれも序詞の「常套的修辞法」とされ、「序詞は心情の寄物陳思的表現形式」であるという（注（11）に同じ、三五二～三頁）。また、土橋氏は、

白浪の寄する礒回《いそみ》を漕ぐ船の梶取る間なく思ほえし君　（巻一七、三九六一番）

において「ここに用いられている景物が嘱目の景物であること」を指摘する（同書、三五七頁）。

(13)　注（3）に同じ。

(14)　南波浩『紫式部集の研究　校異篇・伝本研究編』によれば、第一類第二種の紅梅文庫本・中田氏本、第二類第一種の也足本や第二種京都大学本など六本などが混ざり合っている。どちらかに顕著な傾向とはいえない。

(15)　廣田收「奈良猿沢池伝説」竹原威滋代表編著『奈良市民間説話調査報告書』金壽堂出版、二〇〇四年。

(16)　石田穣二訳注『角川文庫　枕草子』上巻、角川書店、一九七九年、六〇頁。

(17)　小野塚裕「『紫式部集』羇旅歌―二〇～二四、七一～七三番歌をめぐって―」（卒業論文）廣田收編『日本古典文学論集』第二号、二〇一一年四月。

『紫式部集』と比較する上で、『赤染衛門集』は興味深い家集である。『赤染衛門集全釈』は、雑纂形式の流布本と類纂形式の桂宮本系とを分ける。そして、雑纂形式の流布本が「およその年代順に並べた自伝的家集」であるとして、五〇〇番以降は「この原則が乱れ、小歌群が時代に関係なく不規則に散在する」という。そして、家集全体を、

第一部　一～一一八　　　　青春時代　　（一一八首）
第二部　一一九～二六七　　中年時代　　（一四九首）
第三部　二六八～四六三　　寡婦となって（一九六首）
第四部　四六四～六一四　　晩年　　　　（一五一首）

と理解する（関根慶子他『赤染衛門集全釈』風間書房、一九八六年、三～六頁）。

この範囲では、『紫式部集』との類似点も見える。ただ、歌数において『赤染衛門集』は彼女のすべての歌を記し残そうという意志が感じられる、という意味で網羅《もうら》的であり、これと比べれば『紫式部集』は明らかに歌数を絞っていることがわかる。また、『赤染衛門集』では下向や物詣、参籠などの歌群は、この四部構成のあちこちに置かれているが、『紫式部集』ではあきらかに固められている。言い換えれば、紫式部とて若い時以外に物詣、参籠も経験しなかったわけではないだろうから、それらが家集から排除された（とすれば、その）ことには意味がある。仮に『赤染衛門集』が編年的に和歌を配列しているとしても、それは一代記的構成ということとは違う。『紫式部集』における歌群の配列において一代記的な構成の緊密性は疑いようもない。

（18）歌の理解については、関根慶子他『赤染衛門集全釈』（風間書房、一九八六年）を参考とした。

（19）佐伯梅友『和泉式部集全釈』東宝書房、一九五九年、五〇七～八頁。

（20）注（18）に同じ、一五一頁。徳原氏は、「地引き網が都人の観光と対象」となっており、「漁民に網を引かせたのかもしれない」という（『紫式部集の新解釈』和泉書院、二〇〇八年、六〇頁）が、徳原氏は饗宴の場の問題については触れていない。

（21）清水好子『紫式部』岩波書店、一九七三年、三三頁。

（22）注（3）に同じ、一〇四頁。

4節　結婚期の歌群

（1）清水好子『紫式部』岩波書店、一九七三年。特に、第一章「娘時代」。

（2）例えば、久保朝孝「紫式部の初恋―明け暮れのそらおぼれ・虚構の獲得―」『源氏物語を学ぶ人のために』（世界思想社、一九九五年）、工藤重矩「紫式部の和歌解釈―伝記資料として読む前に―」『文学・語学』（第一六二号、一九九九年三月）など。

（3）私はかつて『源氏物語』の垣間見《かいまみ》について、一人型・二人型・象徴型と分けたことがある。それぞれの代表的事例は、若紫巻、空蟬巻や橋姫巻、野分《のわき》巻の垣間見を挙げた（『講義『源氏物語』とは何か』（自刊）平安書院、二〇一一年）。その淵源について、さらに言えば、野分巻の事例は『古事記』に見えるイザナキ・イザナミのような神話の覗見に遡るものであろう。とすると、空蟬巻や橋姫巻の事例は新しい時代のものと推測される。叙述法からすると、空蟬巻における舐《な》めるような垣間見の事例は『落窪物語』の伝統に立つが、橋姫巻のように女性二人で姉妹が垣間見られる事例は『伊勢物語』の伝統にも立つものであろう。また、若紫巻の事例も、若紫の発見においては神話的な枠組みによったものであるが、少女の面影を光源氏の恋する藤壺の面影に重ねて見るとするところは、『源氏物語』の描く新しい時代のものと推測される。『源氏物語』における垣間見の問題については、別に論じたい。

（4）諸説については、本書1節注（30）参照。
（5）今井源衛『紫式部』「五　結婚生活」吉川弘文館、一九六六年、南波浩『紫式部集全評釈』笠間書院、一九八三年、四五～六頁。
（6）南波浩『紫式部集全評釈』笠間書院、一九八三年、一八八頁。
（7）清水好子「文体を生むもの」『関西大学　国文学』一九七〇年五月。

5節　寡居期の歌群

（1）野村精一「『身』と『心』との相克」『国文学』一九七八年七月。
（2）廣田收『『紫式部集』「数ならぬ心」考』南波浩編『紫式部の方法』笠間書院、二〇〇二年。本節の内容はこれに拠る。
ちなみに、陽明文庫本の見セ消チ「数ならで」の表現が、『紫式部集』の古態を残す可能性もあるが、逆に『千載和歌集』の表現をもって後から訂した可能性もある。
（3）今井源衛『人物叢書　紫式部』吉川弘文館、一九六六年、一〇八頁。
（4）清水好子『紫式部』岩波書店、一九七三年、一二三頁。
（5）秋山虔「鑑賞　紫式部の歌和泉式部の歌」『国文学』一九七八年七月。なお『信明集』は他撰家集、この歌は、女との延々と続く贈答の中の一首（『新編国歌大観』では、歌仙歌集本、八五番）。『曽丹集』も他撰家集、恋歌群の中の一首（『新編国歌大観』では天理図書館蔵伝二条為氏筆本、四二一番）。
（6）秋山虔、注（5）論文。

（7）山本淳子「紫式部の白詩受容―『身』と『心』の連作をめぐって―」『国語国文』一九九五年六月。
（8）南波浩『紫式部集全評釈』笠間書院、一九八四年、三一六～七頁。
（9）注（8）に同じ、三一九頁。
（10）今井源衛「源氏物語と紫式部集」（『文学』一九六七年五月）のように、『紫式部日記』の歌と『源氏物語』の歌を無媒介に結合させたり、比較したりすることの無謀さを指摘すべきであろう。

6節　出仕期の歌群

（1）坂本共展氏は、紫式部が道長・彰子のもとに出仕する以前に、昌子内親王のもとに出仕していた可能性があること、また道長室倫子のもとに出仕していたのではないかという可能性を論じている（『源氏物語構想論』第三章、笠間書院、一九九五年、三四頁以下）。
（2）池田亀鑑・秋山虔校注『紫式部日記』岩波文庫、一九五四年、八～九頁。
（3）廣田收「『紫式部日記』の構成と叙述」秋山虔・福家俊幸編『紫式部日記の新研究』新典社、二〇〇八年。
（4）今井源衛「紫式部『道長妾』の伝承について」森本元子編『和歌文学新論』明治書院、一九八二年。
（5）南波浩『紫式部集の研究　校異篇・伝本研究篇』笠間書院、一九七二年、七三～四頁。
（6）清水好子「紫式部集の編者」『関西大学　国文学』一九七二年三月。
（7）原田敦子「紫式部日記における歌の場面について」『同志社国文学』第八号、一九七三年二月。
（8）同論文。

（9）　坂本共展氏は、紫式部をどうしても自分のもとの「女房としたい」という「倫子の望み」のあったことを指摘するとともに、「作者が倫子の女房であった」という説について、歌「とり分きて」「菊のきせ綿が送られたりする」ことに「他の彰子付き女房とは異なる」扱いを受けていたことをいう（注（1）『源氏物語構想論』三七五頁）。ただ、道長の家集である『御堂関白集』に、紫式部との贈答・唱和は見当たらない。そのことは何を意味するであろうか。

（10）『紫式部集の研究　校異篇・伝本研究篇』によると、第一類第二種の西本願本など三本だけに見える。

（11）『紫式部日記』の中にみえる、和泉式部や赤染衛門の詠歌に対する手厳しい批評は、当時の『新撰和歌』や『公任髄脳』などを読んで得た紫式部の学識が背景にあるように思う。藤平春男氏は、「秀歌の要件」は『新撰髄脳』が詳しく「およそ歌は、心深く、姿清げに、心のをかしき所あるをすぐれたりといふべし」という条を引きつつ「紀貫之が『花実相兼』（『新撰和歌』序）を理想とした思想は、ここでも『心姿相具』としてうけつがれているが、公任に初めてみられるのは声調重視である」という（『歌論の研究』ぺりかん社、一九八八年、七〇頁）。私に言い直せば、『公任髄脳』に示される理想は、音律の良さと心の深さを言うかと見られる。そのような詠歌を理想とする考え方を、紫式部がどのような折に意識していたか、またどのような歌が会心の出来ばえのものであったのか、改めて考えてみる必要がある。

（12）「撰者の故実」の条に、「これ、頼基・能宣・輔親・伊勢大輔・伯母・安芸君と、六代相伝の歌人なり」とある（藤岡忠美校注『新日本古典文学大系　袋草紙』岩波書店、一九九五年、一九七頁）。

(13) 注(5)に同じ、九九頁。
(14) 宮内庁書陵部編『桂宮本叢書』第九巻、養徳社、一九五四年、二一三頁。
(15) 和歌史研究会編『私家集大成』第二巻、明治書院、一九七五年、二三三頁。
(16) 久保木哲夫校注・訳『伊勢大輔集注釈』日本古典文学会、一九九二年、一五頁。
(17) 竹内美千代『紫式部集評釈』笠間書院、一九六九年、一六五頁。
(18) 注(14)に同じ、二四六頁。
(19) 注(14)に同じ、「解題」、二四二頁。
(20) 北山茂夫『藤原道長』岩波書店、一九七〇年。
(21) 原田敦子「日記と家集の間—紫式部日記と紫式部集」『中古文学』第二〇号、一九七七年一〇月。

7節 晩年期の歌群と家集の編纂

(1) 南波浩『紫式部集全評釈』笠間書院、一九八三年、六二二頁。
(2) 注(1)に同じ、六三二〜三頁。
(3) 注(1)に同じ、一九〇頁。
(4) 注(1)に同じ、六一七頁。
(5) 南波浩『紫式部集の研究　校本篇』笠間書院、一九七二年、一一四頁。
(6) 池田亀鑑・秋山虔校注『岩波文庫　紫式部日記』岩波書店、一九五四年、八〇〜一頁。
(7) 秋山虔「源氏物語の方法に関する断章—『若菜』巻暴頭をめぐって—」『国文学論叢』第三輯(至

文堂、一九五九年)、同『『若菜』の巻の一問題―源氏物語の方法に関する断章―』(『日本文学』一九六〇年七月)、『『若菜』巻の問題ひとつ―源氏物語の方法に関する断章―』(『関西大学　国文学』第二九号、一九六〇年一〇月)、益田勝実「源氏物語の転換点」(『日本文学』一九六一年二月)、清水好子「源氏物語の主題と方法―若菜上・下巻について―」『源氏物語―研究と資料―』(武蔵野書院、一九六九年)、廣田收「六条院の形成と転換」『『源氏物語』系譜と構造』(笠間書院、二〇〇七年)など。

(8) 林田孝和「贖罪の女君」『源氏物語の発想』桜楓社、一九八〇年。初出一九七一年一一月。

(9) 廣田收『講義『源氏物語』とは何か』(自刊)平安書院、二〇一一年。
ちなみに、論旨とは全く関係ないことだが、『新古今和歌集』春上、三八番、

守覚法親王五十首歌よませ侍りけるに、　藤原定家朝臣

春の夜の夢のうき橋とだえしてみねにわかるる横雲のそら

は、「古来、此のうたに、種々のこみいりたる深き思想のある如くいへど、別にさるむづかしき思想あるにあらず」と批評されている(臨井正夫『新古今和歌集詳解』明治書院、一九二五年、五四頁)が、想像を逞しくすれば、この歌は定家の『源氏物語』解釈のひとつではなかろうか。

(10) 廣田收『『紫式部集』「数ならぬ心」考』、本書5節注(2)に同じ。なお、「聖」の語義については、北山僧都と北山聖との違いについて触れたことがある(『『源氏物語』系譜と構造』笠間書院、二〇〇七年、三九六頁)。

(11) 清水文雄「解説」『岩波文庫　和泉式部集』岩波書店、一九五六年。清水氏は、「復原された」『和泉式部正集』が「成立事情を異にするいくつかの歌群の集積されたもの」であるとして、「複雑な成

立過程を辿り、その最後的形態」が『千載和歌集』の撰進から定家の没年までの間かという。さらに「他撰的傾向のみえるもの」と「自撰らしいもの」双方の混在を指摘する（同、三三二～三頁）。

（12） 佐藤和喜「紫式部集と勅撰集（二）」『立正大学　国語国文』二〇〇三年三月。なお、山本淳子「形見の文―上東門院小少将の君と紫式部―」（『日本文学』二〇〇二年一二月）が「形見」の問題に触れている。

（13） 注（1）に同じ、六二七頁。

（14） 南波浩校注『岩波文庫　紫式部集』岩波書店、一九七三年、一一頁、及び「解説」、二〇三頁。

（15） 注（1）に同じ、一五頁。

（16） 三谷邦明「源氏物語における虚構の方法」『源氏物語講座』第一巻、有精堂、一九七一年、二八頁。

（17） 南波浩『紫式部集の研究　校異篇・伝本研究篇』笠間書院、一九七二年、五四頁。

（18） 清水好子『紫式部』岩波書店、一九七三年。

（19） 竹内美千代『紫式部集評釈』桜楓社、一九六九年、一一九頁。

（20） 萩谷朴『新潮日本古典集成　土佐日記・貫之集』新潮社、一九八八年。

（21） 遠藤嘉基校注『日本古典文学大系　和泉式部日記』岩波書店、一九五七年、三九九頁。

（22） 注（21）、三八九頁。長保三（一〇〇一）年が疫病大流行の年だということは、『権記』『小右記』などに明らかであるから、親王が翌年の長保四年、しかも夏暑い六月一三日に亡くなった（『権記』）ということは、この疫病流行の経緯と結び付けて考えてもよいと思う。

（23） 唐木順三「和泉式部の季節」『日本人の心の歴史　補遺』筑摩書房、一九七二年、三四頁。例えば、従来の注釈では「はや一年近い月日が流れている」（円地文子・鈴木一雄『全講和泉式部日記』至文堂、一九七八年、六六頁）、「前年長保四年六月十三日に世を去った為尊親王の想い出のまつわるその同じ夏の季節、つまり一周忌の近くなったころの想いを背景にしている」（中島尚『和泉式部日記全注釈』笠間書院、二〇〇二年、一〇頁）などと評されている。

（24）他作説の有力な根拠は、人称や視点であるが、これも考え方の問題で、『源氏物語』における人称や視点を参照すれば、自作説も充分成り立ちうる。久保木寿子氏は、『和泉式部集』に対して「あくまで宮との恋愛関係に的を絞った『作品』」であるという（『和泉式部』新典社、一二二頁、一六二頁）。

（25）この「日記歌」は、かつて存在した『紫式部日記』に存在して、ある段階の古本系伝本に（現存日記ではなく）採られていない歌を抜き出し付加したものとみられるが、現存古本系伝本にも何ケ所か、歌の欠落があり現存伝本の『紫式部日記』にも錯簡の痕跡が存在する（らしい）ので、厳密な議論がしにくい憾《うら》みがある。なお、関連する主な論考には次のようなものがある。

・小澤正夫「紫式部日記考」『国語と国文学』一九三六年一一月。
・池田亀鑑「紫式部日記歌」『紫式部日記』至文堂、一九六一年。
・今井源衛「紫式部集の復元と恋愛歌」『文学』一九六五年二月。
・南波浩「古本系巻末「日記歌」と「紫式部日記歌」の性格」『紫式部の研究　校異篇・伝本研究篇』笠間書院、第四章、一九七二年。
・稲賀敬二『『紫式部日記』と「日記歌」と「集」』『講座平安文学論究』第六輯、一九八九年。
・平林文雄『『紫式部日記哥』校本と解題」『講座平安文学論究』第六輯、風間書房、一九八九年。

・山本淳子「『紫式部集』二類本構築修復の試み」『国語国文』一九九八年八月。
(26) 南波浩『岩波文庫　紫式部集』岩波書店、解説、一八九頁、一九三頁。
(27) この問題は、『紫式部集』全体の問題である（廣田收「『紫式部集』冒頭歌考」『人文学』第一八六号、二〇一〇年一一月）。
(28) 萩谷朴『紫式部日記全注釈』上巻、角川書店、一九七一年、三五九頁。
(29) 上原作和・廣田收編『紫式部と和歌の世界　一冊で読む紫式部家集（新訂版）』武蔵野書院、二〇一二年、八九頁。
(30) 詳細は別稿に譲るが、『紫式部日記』の中には他に五例を認める。

① 絵にかきたる物の姫君の心地すれば、口おほひを引きやりて、「物語の女の心地もし給へるかな」といふに、見あげて、「もの狂ほしの御さまや。寝たる人を、心なくおどろかすものか」とて、すこし起きあがり給へる顔のうち赤み給へるなど、こまかにをかしうこそ侍りしか。

（岩波文庫、一一一頁）

② 殿司の侍従の君、弁の内侍、つぎに左衛門の内侍殿の宣旨大式部とまでは、次第しりて、つぎつぎは、例の心々にぞのりける。月のくまなきに、「いみじのわざや」と思ひつつ、足をそらなり。馬の中将の君をさきにたてれば、ゆくへもしらずたどたどしきさまこそ、わがうしろを見る人はづかしくも思ひ知らるれ。

（四八頁）

③ にはかにいとなむつねの年よりも、いどみましたる聞こえあれば、東の、御前のむかひなる立蔀に、ひまもなくうちわたしつつともしたる灯の光、昼よりもはしたげなるに、あゆみいるさま

ども、「あさましう、つれなのわざや」とのみ思へど、人のうへとのみおぼえず。（五〇頁）

④ 若人のなかにかたちよしと思へるは、小大輔、源式部。小大輔はささやかなる人の、やうだいいとなまめかしきさまして、髪うるはしく、もとはいとこちたくて、丈に一尺よ余りたりけるを、おち細りて侍り。顔もかどかどしう、「あなをかしの人や」とぞ見えて侍る。（六四頁）

⑤ 和泉式部といふ人こそ、おもしろう書きかはしける。されど、和泉はけしからぬかたこそあれ。（略）口にいと歌の詠まるるなめりとぞ、見えたるすぢに侍るかし。「はづかしげの歌よみ」とはおぼえ侍らず。（七二頁）

まず気のつくことは、傍点をつけたように、①は発語であり、②③④⑤はいずれも心内語だということである。すなわち、いずれの用例にも地の文のものはなく、会話文や心内語などに限られている。つまり、強調表現の文脈の内にあることである。この現象は、『源氏物語』だけでなく他の物語や日記などにも同様に認められるから、いささか口語的な発語とみてよいであろう。

（31） 竹内美千代『紫式部集評釈』桜楓社、一九六九年、二四四～五頁。

（32） 『源氏物語』の中では、末摘花の和歌や近江君の和歌は、紫式部の歌を考える上で重要であることはいうまでもない。

（33） 注（31）に同じ、二四八頁。

（34） これらは佐佐木信綱編『日本歌学大系』第一巻（風間書房、一九五七年）に掲載されている。

（35） 久保木寿子『実存を見つめる　和泉式部』新典社、二〇〇〇年、二六頁。

主要参考文献

『紫式部集』研究に関して、主に書物の形にまとまっているもので、研究書・注釈書の中でも、比較的手に入れやすいもの、もしくは図書館などで閲覧しやすいものに限って、以下に挙げることにした。なお、雑誌論文や大学の紀要の論文などについては原則として挙げなかった。ただし、「文献目録」としては、

①南波浩『紫式部集全評釈』笠間書院、一九八三年。
（元禄一六（一七〇三）年から昭和五七（一九八二）年まで掲載）

②南波浩編『紫式部の方法』笠間書院、二〇〇二年。
（一九八二年から二〇〇一年まで掲載）

③久保田孝夫・廣田收・横井孝編『紫式部集大成』笠間書院、二〇〇八年。
（元禄一六（一七〇三）年から、平成二〇（二〇〇八）年まで掲載）

などによって、現在に至るまでの研究文献のほぼすべてを見通すことができる。これらは、特に久保田孝夫氏の尽力によるところが大きい。なお、近刊の小著『『紫式部集』歌の場と表現』（第四章）掲載の「主要参考文献一覧」も併せて御覧いただければ幸である。

1　本文・書誌

・南波浩『紫式部集の研究　校異篇・伝本研究篇』笠間書院、一九七二年。
・南波浩編『陽明文庫本　紫式部集』（笠間影印叢刊）笠間書院、一九七二年。
・南波浩校注『紫式部集』（岩波文庫）岩波書店、一九七三年。（底本、実践女子大学本）

・和歌史研究会編『私家集大成　中古Ⅰ』明治書院、一九七三年。（底本、実践女子大学本と陽明文庫本と二本を掲載）
・山本利達「解題」『新編国歌大観』第三巻、私家集編Ⅰ、一九八五年。（底本、陽明文庫本）
・久保田孝夫・廣田收・横井孝編『紫式部集大成』笠間書院、二〇〇八年。（実践女子大学本、陽明文庫本、瑞光寺本　写真版・翻刻）

2　注釈・評釈

・竹内美千代『紫式部集評釈』桜楓社、一九六九年（改訂版、一九七六年）。
・木船重昭校注『紫式部集の解釈と論考』笠間書院、一九八一年。
・木村正中他「紫式部集全歌評釈」『国文学』一九八二年一〇月。
・南波浩『紫式部集全評釈』笠間書院、一九八三年。
・山本利達校注『新潮日本古典集成　紫式部日記・紫式部集』新潮社、一九八五年。
・伊藤博校注『新日本古典文学大系　紫式部日記　付紫式部集』岩波書店、一九八九年。（底本陽明文庫本）
・中周子校注『和歌文学大系　紫式部集』風間書房、二〇〇〇年。
・田中新一校注『紫式部集新釈』青簡舎、二〇〇八年。
・上原作和・廣田收編『紫式部と和歌の世界　一冊で読む紫式部歌集』武蔵野書院、二〇一一年（新訂版、二〇一二年）。

3　論考・批評

・角田文衛『紫式部の身辺』古代学協会、一九六五年。
・岡一男『源氏物語の基礎的研究』東京堂出版、一九五四年（増補版、一九六六年）。
・角田文衛『紫式部とその時代』角川書店、一九六六年。
・今井源衛『人物叢書　紫式部』吉川弘文館、一九六六年（新装版、一九八五年）。
・角田文衛『若紫抄　若き日の紫式部』至文堂、一九六八年。
・日本文学研究資料刊行会編『日本文学研究資料叢書　源氏物語Ⅱ』有精堂、一九六九年。
・今井源衛『王朝文学の研究』角川書店、一九七〇年。
・三谷邦明「源氏物語における虚構の方法」『源氏物語講座』第一巻、有精堂、一九七一年。
・岡一男「紫式部の生涯」『源氏物語講座』第六巻、有精堂、一九七一年。
・南波浩「紫式部集」『源氏物語講座』第六巻、有精堂、一九七一年。
・清水好子『紫式部』岩波書店、一九七三年。
・河内山清彦『紫式部日記・紫式部集の研究』桜楓社、一九七七年。
・伊藤博『源氏物語の原点』明治書院、一九八〇年。
・後藤祥子「紫式部集冒頭歌群の配列」『講座　平安文学論究』第六輯、風間書房、一九八九年。
・佐藤和喜『平安和歌文学表現論』有精堂出版、一九九三年。
・南波浩編『紫式部の方法』笠間書院、二〇〇二年。
・山本淳子『紫式部集論』和泉書院、二〇〇五年。
・原田敦子『紫式部日記　紫式部集論考』笠間書院、二〇〇六年。

・角田文衛『紫式部伝　その生涯と源氏物語』法蔵館、二〇〇七年。
・徳原茂美『紫式部集の新解釈』和泉書院、二〇〇八年。
・紫式部顕彰会編『源氏物語と紫式部　資料篇』角川学芸出版、二〇〇八年。
・工藤重矩『源氏物語の婚姻と和歌解釈』風間書房、二〇〇九年。
・久保朝孝『古典解釈の愉悦』世界思想社、二〇一一年。
・廣田收『『紫式部集』歌の場と表現』笠間書院、二〇一二年。

あとがき

もう数年前のことになるが、大学の私のゼミに入って来られた社会人学生の女性がおられた。彼女は、『源氏物語』で卒業論文を書いたが、現代短歌の世界では歌人として名の知られた方であった。あるとき問わず語りに、御自分が若くして御主人を亡くされた後、改めて紫式部の歌「めぐり逢ひて」を読んだとき、涙が溢れて止まらなかったと話されたことがある。私は彼女の歌人としての感性に驚くとともに、紫式部と童友達との歴史的で個別的な離別を超えて働く歌というもののもつ力に感じ入ったことがある。そのとき初めて『紫式部集』の冒頭歌と詞書について、それまでぼんやりと考えていたことに少しばかり確信が持てたのは、そんな個人的な問題を私に語って下さった彼女の御蔭だと思う。その後、私は『紫式部集』の家集の特質は冒頭歌に集約されているに違いない、としつこくこだわり続けることになった。

ところで、先に笠間書院から『紫式部集』についてＡ５判の研究書の刊行を許されたが、その準備の過程で何人かの方から、わかりやすく内容を説いたものも出してほしいという御声をいただいたこともあって、学会のとき新典社の方から御声をかけていただいたことをきっかけに、最初ひとりよがりにも新典社新書として刊行していただくつもりで勝手に原稿を書き始めたのだったが、目次と概要とを社に御伝えしたところ、編集部の方から、『紫式部集』そのものがあまり世に知られていないので、新書の形だと説明もダイジェスト的なものになるし、手ごろなテキストもないから、むしろもう少し書き加えて選書の形に書き直し、一般に向けてもしくは学生にも手にとれるようなものをめざすべきではないか、という御意見をいただいた。

考えてみると、『紫式部集』も岩波文庫によって校訂本が紹介されて以降、陽明文庫本を底本とする新潮社の『新潮日本古典集成』や岩波書店の『新日本古典文学大系』などの普及によって、『紫式部集』は随分と身近なものになったが、家集の個別の和歌については専門的研究が増えつつある一方、全体として(これも思い込みのはげしい見方だと言われればそれまでのことであるが)、問題点をわかりやすく概観する書物は、まだあまり見られないように思う。私自身も、和歌の研究は全くの不案内だが、現今の研究状況を少しばかり考え合わせ、古くさくていささか偏った視点であるけれども、一度『紫式部集』に関する問題を整理しておきたいと考えていたので、それから日頃の雑務の合い間をぬい、細切れな時間を利用して細々と書き継いで成ったのがこの書である。そのために、同じことをくどくどと述べたり、章と章との間に内容の一貫性を欠いていたりと、必ずしも思いを致したものとはいえないが、ともかくこうして書き終えたものを、新たに意を決して新典社選書に加えていただけるよう御願いすることにした。そのため、企画の段階から刊行に至るまで、編集部の方々には大変な御手数を御かけした。岡元学実社長と小松由紀子編集部課長と、さらに関係の各位に心から御礼を申し上げる次第である。

二〇一二年八月

廣田　收

廣田　收（ひろた　おさむ）
1949年　大阪府豊中市生まれ
1973年３月　同志社大学文学部国文学専攻卒業
1976年３月　同志社大学大学院文学研究科国文学専攻修士課程修了
専攻／学位　古代・中世の物語・説話の研究／博士（国文学）
現職　同志社大学文学部教授
単著　『『宇治拾遺物語』表現の研究』（2003年，笠間書院）
　『『宇治拾遺物語』「世俗説話」の研究』（2004年，笠間書院）
　『『源氏物語』系譜と構造』（2007年，笠間書院）
　『『宇治拾遺物語』の中の昔話』（2009年，新典社）
　『講義　日本物語文学小史』（2009年，金壽堂出版）
　『講義『源氏物語』とは何か』（自刊，2011年，平安書院）
　『『紫式部集』歌の場と表現』（2012年，笠間書院）
共編著　『これからの日本文学』
　（丸山顕徳・西端幸雄・廣田收・三浦俊介共編，2001年，金壽堂出版）
　『紫式部集大成　実践女子大学本・瑞光寺本・陽明文庫本』
　（久保田孝夫・廣田收・横井孝共編，2008年，笠間書院）
　『紫式部と和歌の世界　一冊で読む紫式部家集』（新訂版）
　（上原作和・廣田收共著，2012年，武蔵野書院）

家集《かしゅう》の中《なか》の「紫式部《むらさきしきぶ》」　新典社選書55

2012年9月3日　初刷発行

著　者　廣　田　收
発行者　岡　元　学　実

発行所　株式会社　新　典　社

〒101－0051　東京都千代田区神田神保町1－44－11
営業部　03－3233－8051　編集部　03－3233－8052
ＦＡＸ　03－3233－8053　振　替　00170－0－26932

印刷所　恵友印刷㈱　製本所　㈲松村製本所

ISBN978-4-7879-6805-0 C1395
http://www.shintensha.co.jp/　E-Mail:info@shintensha.co.jp